Helli Karimus

VERTA KÄSISSÄ

© 2018 Helli Karimus
Kannen kuvan otti Amandarose ja suunnittteli ilse Holm
Oikoluku: Merja Suomela
Kannen suunnittelu: Books on Demand
Kustantaja: BoD – Books on Demand, Helsinki, Suomi
Valmistaja: BoD – Books on Demand, Norderstedt, Saksa
ISBN: 978-952-339-994-5

1. luku

Jossain Suomen ja Venäjän rajan tuntumassa harhaili mies, jolla oli verta käsissään. Metsässä oli vielä kevättalvi ja maassa lunta, jossa verta. Mies katseli käsiään tovin, ihmetellen, mistä oli metsään joutunut. Miksi hänellä oli verta käsissään? Miksi repaleiset vaatteet yllään? Hän harhaili tietämättä, missä oli. Hän ajautui syvemmälle metsään, missä vain kuuset todistivat jotain tapahtuneeksi. Mutta mitä? Ja miksi?

Lumi alkoi sulaa veren ympäriltä. Mies pyyhki lumeen veriset kätensä. Maa huokaisi, syvään taipuneet kuuset ja koivut antoivat ainakin näkösuojan. Ne näkivät, oliko mies yksin metsässä, ja hän taisi olla yksin.

Oliko hän tappanut jonkun, eläimen tai ihmisen? Se kävi hänen mielessään, vaikka hän ei muistanut tapahtumia eikä sitä, miksi hänellä oli verta käsissään ja vaatteissaan. Vaatteet imivät veren, samoin kuin maa, johon mies pyyhki kätensä huolella. Luminen maa ei tuominnut.

Kävi vain hiljainen tuuli, joka leyhytteli miehen ruskeata tukkaa. Ajatukset harhaillen mies käveli, tietämättä minne. Ei tietoa ilmansuunnista, ei tietoa, mistä oli lähtenyt. Mies oli menettänyt muistinsa eikä tiennyt, miksi oli metsässä.

Miksi miehellä oli ollut verta käsissään? Tai minne hän oli menossa? Aikansa kuljettuaan hän löysi aution mökin tai oikeastaan laudoista rakennetun majan, johon ei avaimia tarvittu. Hän huomasi, että mökissä oli asuttu, mutta nyt siellä ei ollut muita kuin hän.

Mies huomasi myös, että hänen vatsansa kurni. Hänellä oli sudennälkä. Hän käveli sisälle, missä oli pöydäntapainen. Se oli tehty laudasta, niin kuin kaikki muukin majassa. Joku oli syönyt siellä – mies huomasi säilykepurkkeja, joissa oli vähän tonnikalaa. Hän söi puutikulla purkit tyhjäksi, mutta vielä jäi nälkä. Ruokaa ei ollut purkeissa riittävästi.

Hän oli levoton ja pelkäsi ihmisiä jostain syystä, jota ei itsekään ymmärtänyt. Entä jos sinne tulisi ihmisiä? Olihan hänkin siellä. Entä jos joku muu eksyisi ja tulisi majaan?

Muisti teki työtä. Jotain hän oli tehnyt, mutta mitä? Hänen päätään särki. Hän kolusi majaa, mutta mitään ei enää kunnolla löytynyt. Oli jo myöhä. Hän käpertyi sikiöasentoon levolle ja yritti nukkua. Hän nukahtikin, mutta näki levottomia unia miehestä ja naisesta, ja unessa oli verta kaikkialla. Uni oli epäselvä, ja hän havahtui siitä hereille tuskan hiki kaikkialla kehossaan. Oli kylmäkin.

Mökissä oli kylmä yö, ja nälkäkin vaivasi. Mies nukahti uudelleen ja havahtui aamun koitossa. Aurinko nousi ja lämmitti hiukan.

***

Mökin pihaan tuli vieras, ja hän tuli sisälle. Hänellä oli reppu, lainvartijan vaatteet ja merkki, mutta vastaanotto oli yllätys. Mökissä nukkunut mies pelästyi ja yritti karkuun, mihin lainvartija sanoi: "Ei tarvitse lähteä pois." Mies oli kuitenkin lähdössä majasta, ja lainvartija kysyi: "Miksi lähdet pois?" Hän sanoi itse olevansa tavallisella tarkastuksella. Majassa oleva mies tuli epäluuloiseksi, kun lainvartija kysyi hänen nimeään sekä sitä, millä asioilla mies oli. Eihän mies tiennyt nimeään! Eikä hän tiennyt sitäkään, millä asioilla oli, ja niinpä hän yritti vain lähteä pois. Tätä lainvartija kummasteli ja sanoi: "Odota vähän." Mies ei kuitenkaan odottanut. Lainvartija luuli, että hän oli rajan yli tullut venäläinen. Hän sanoi: "Stop!" ja yritti pysäyttää miestä. Siitäpä tuli käsikähmä. Mies ei muistanut nimeään tai sitä, millä asioilla hän liikkui.

Niinpä mies juoksi metsään minkä jaloistaan pääsi. Kivet ja kannot olivat tiellä. Puiden sekaan päästyään hän oli piilossa metsänvartijalta, joka juoksi perässä. Nälkäisenä ja pitkään kuljettuaan hän löysi joen, joka oli täynnä vettä, mutta ei päässyt yli vaan jäi metsänvartijan käsiin. Metsänvartija alkoi sitoa miestä kiinni narulla, joka hänellä oli repussaan, mutta mies rimpuili ja sai yliotteen. Isoilla käsillään hän kuristi metsänvartijaa kurkusta.

He olivat kumpikin vuoroin voitolla, ja lopulta metsänvartija hävisi kamppailun. Hän menetti tajuntansa. Samalla kun hänen henkensä salpautui, otti mies, jolla ei ollut nimeä, repun hänen altaan. Mies löysi repusta ruokaa: voileipää, makkaraa, juustoa ja kahvia sekä vesileilin. Hän söi ja joi, tarkasti loput repun sisällöstä. Etsi sitten taskusta asetta ja löysikin puukon sekä tulitikut, joilla voi sytyttää nuotion joutumatta tekemään itse tulta. Lisäksi hän löysi narua, taskulampun sekä ampumaaseen ja siihen patruunoita. Ehkei asema ollut kovin kaukana.

Kävi niin, että metsänvartija oli pelastanut miehen, joka lähti kulkemaan kauaksi paikalta. Metsänvartija virkosi ja alkoi heti etsiä asettaan, mutta ase oli poissa. Mies oli vienyt sen ja poistunut paikalta. Hän oli vienyt myös puukon. Metsänvartija luotti itseensä ja lähti perään epäillen miestä varkaaksi sekä rikolliseksi. Metsänvartija tavoitti miehen, ja alkoi uusi kamppailu, jonka tuntematon mies voitti. Tämä laukaisi aseen, ja luoti osui rintaan. Hetken päästä metsänvartija lojui kuolleena maassa. Lumi värjäytyi punaiseksi.

Mies oli ihmeissään, kun ase laukesi. Nyt hänellä oli ihmishenki tunnollaan ja paha mieli – omatuntoko heräili? Hän tunsi pelkoa sekä kuollutta että kuolemaa kohtaan. Pelosta huolimatta hän otti metsänvartijalta takin, ennen kuin tämä kylmeni tai kangistui. Mies lähti mahdollisimman kauaksi.

Kun mies oli jättänyt metsänvartijan maahan makaamaan, hänen täytyi poistua. Hän tarkkaili tilannetta aikansa ja ehti majaansa.

Mitä tämä on, mies ihmetteli. Hän löysi takin taskusta tulitikut, jotka anastanut metsänvartijalta. Hän löysi myös aseen ja ymmärsi, että voisi ampua jäniksiä. Niinpä hän ensin laitteli purkkiruokia ja lähti sitten kävelemään omia jalanjälkiään. Hän kulki metsänvartijan luokse, kävi tätä katsomassa. Metsänvartija makasi verilammikossa samassa paikassa, mihin oli jäänyt. Eläimetkään eivät olleet koskeneet ruumiiseen, vaikka tavallisesti tulivat linnut sekä muut raadonsyöjät. Niin, ihminenkin oli raato kuoltuaan.

Tapahtuneesta oli kulunut jo tunteja. Metsänvartija kangistui jo alkoi olla jäässä. Miehellä, joka ei tiennyt nimeään, oli suuret kämmenet, joilla pärjäsi ihmiselle ja eläimelle. Vahva hän oli, ei voi muuta sanoa, kun koulutetulle miehelle pärjäsi. Taistelemaan koulutetulle ja erämaakoulutuksen saaneelle miehelle hän pärjäsi. Kovaa oli elämä hänellekin.

Elävien oli jatkettava elämää. Metsänvartijan takki oli vähän pieni, mutta sopi päälle. Kengät olivat pienet. Housut saivat jäädä vainajalle.

Ei mies tiennyt, mikä oli metsänvartijan tila. Hän tiesi vain, ettei tämä liikkunut eikä pannut enää vastaan. Hänen osaltaan taistelut oli taisteltu. Lain vartioiminen jäi muille eläville.

Mistä nimetön mies oli lähtenyt? Tai minne hän oli matkalla? Hän ei tiennyt itse, kunhan kulki vain, oli tottunut vaeltamaan metsässä. Mistä lie metsään tullut?

"Miksi metsänvartija halusi vangita hänet? Oliko siihen jokin syy?" joku muu olisi kysynyt mielessään.

***

Mies pohti aikansa, miten saisi jäniksen tähtäimeen. Hän tajusi sen verran, että nälkä oli hirmuinen. Nälkä ajoi tappamaan, samoin myöskin se, ettei hän muistanut mitään. Vain hämärästi hän muisti miestä kuristaneensa. Hän oli mielessään pahoillaan asiasta. Joku oli haavoittunut jossain, lopullisestiko?

Kun mies meni peremmälle metsään, häntä vastaan tuli eläimiä, joihin hän ei tuhlannut panoksia – sen verran hän tiesi, miten pyssyä tuli käsitellä. Saadakseen jäniksen hänen oli oltava hiirenhiljaa, minkä hän luonnostaan tiesi. Jänikset olivat vielä valkoisia kevättalven jäniksiä. Ne loikkivat hangella, ja pensaat vain rapisivat. Hän tähtäsi jänispariin, sai aseen toimimaan toistamiseen, nyt eläimen tappaakseen.

Oliko sattumaa, mutta jänis haavoittui. Mies otti sen helposti kiinni, eikä jänis kyennyt pakenemaan. Hän kantoi sen majapaikkaansa, avasi veitsellä kaulan, joi veren. Nyt jänis täytyi vain nylkeä, nahka pois, samoin sisälmykset. Mies sytytti tulen anastamillaan tulitikuilla. Hän heitti jäniksen tuleen ja odotti hiilloksen kypsentävän jäniksen. Tulen hän oli tehnyt kauemmaksi mökistä. Sen verran hän tajusi, ettei polttanut majapaikkaansa. Sisältä hän oli löytänyt suolaa, jota ripotteli jäniksen päälle, kun se kypsyi.

Jänis savusi ja siitä lähti outo tuoksu – siitä lähti veren sekä lihan tuoksu, kun se kärysi tulella, pienellä hiilloksella. Oli kevättalvi, eikä nuotio tahtonut syttyä kunnolla palamaan vaan paloi kitkutellen. Mies ei välittänyt. Noin kaksi tuntia hän kypsytteli jänistä ja laittoi sitten lisää suolaa, jota ei ollut paljon laitettavaksi makua antamaan. Välillä hän koetteli, oliko liha mureaa. Sen verran tolkuissaan mies oli, ettei syönyt raakaa jänistä, vaan odotti aikansa.

Kypsyttyään jänis on hyvää, mies tiesi. Hän täytti metsänvartijalta anastamansa vesileilin ja joi.
Jänis alkoi olla kypsä. Mies maistoi ja söi, söi ja joi hyvällä ruokahalulla. Metsänvartijaa hän ei enää muistanut. Hän vain söi ja ahmi, vaikka puolet ruuasta tulisi ulos. Hän alkoi syödä hitaammin ja jätti jänistä vielä seuraavaan päivään. Jänis taisi olla uros, kun oli niin iso. Ei tiedä, milloin seuraavan kerran saa ruokaa metsässä. Sitä mies ei pelännyt, että toiset etsisivät metsänvartijaa, löytäisivät metsänvartijan kuolleena, ammuttuna ehkä omalla aseellaan. Hän ei pelännyt, että he lähtisivät poliisien kanssa etsimään tekijää. Ei hän sellaista ajatellut. Hän ei pystynyt päättelemään, että yksi ynnä yksi on kaksi.

Mies kävi levolle majapaikkaansa auringon mentyä levolle metsän taakse. Majaa ympäröi metsä, josta mies oli tiensä majaan löytänyt. Hän haki vettä leiliinsä läheisestä joesta, pesi kätensä ja kävi huuhtomassa naamansa. Majassa ei ollut mitään peittoa. Onneksi metsänvartijan takki lämmitti vähäsen. Se oli karvakauluksinen, majavan nahkasta kai tehty. Niinpä mies nukkui tyytyväisenä itseensä, koska oli syönyt jänistä. Mutta että oli tappanut ihmisen! Sitä hän ei muistanut. Tyytyväisenä itseensä mies nukkui auringon nousuun asti.

***

Mies nukkui unia näkemättä, kunnes heräsi auringon jo noustua. Hän söi loput jäniksestä, jonka oli jemmannut viereensä. Mies pyyhki suunsa ja lähti taas pyssy mukanaan metsälle. Hän kulki kauan, kunnes löysi lymypaikan. Mutta sitä hän ei tiennyt, että metsänvartijaa oli ruvettu etsimään. Kolme miestä, kolme rajavartijaa, oli lähtenyt etsimään metsänvartijaa, ja he löysivät joelta kuolleen toverinsa makaamassa kuivuneessa veressä. He päättelivät, että tätä oli ammuttu rintaan. Teon takana oli siis ihminen, ei mikään eläin. Metsänvartijan reppu oli poissa, samoin tavarat ja ase, joka heillä kaikilla oli mukanaan varmuuden vuoksi, petojen tai muun vaaran varalta. Kuka ampuja olikin, häntä he lähtivät nyt etsimään. Kuka hän oli ja missä?

Mitään muuta ei voitu tehdä kuin kantaa kuollut toveri majapaikkaan rajatarkastusasemalle, ja se oli vaikeata ja hidasta puuhaa. Miehet ilmoittivat tapahtuneesta poliisiasemalle radiolähettimellä ja sanoivat menevänsä etsimään syyllistä. Radiolähettimeen puhuva poliisi kielsi tämän ja sanoi, että seuraavana päivänä haettaisiin apujoukkoja.

Miehet lähtivät silti matkaan. Heillä oli jo kiire saada syyllinen kiinni, ja niinpä he kulkivat majalle. He huomasivat, että majassa oli ollut joku tai joitakuita. He huusivat, mutta vastausta ei kuulunut. Niinpä he kävivät yksitellen sisällä – majaan ei oikein mahtunut kolmea.

Miehet löysivät metsänvartijan tavaroita: narua ja muuta, ruoka-tölkkejä, eväspapereita sekä vähän kauempaa nuotion jäljet. Oli mahdotonta tietää, missä syyllinen tai syylliset olivat. Mikään eläin ei jättänyt nuotion jälkiä, se oli mahdotonta. Niinpä he taivalsivat metsään, missä nuoskalumen päälle satanut lumi peitti jäljet.

Maasto oli joka puolella tiheää metsää. Miehet etsivät yhtä tai useampaa ihmistä. Lopulta he löysivät jalanjälkiä ja päättelivät, että asialla oli ollut yksi ihminen, ilmeisen suuri – kengänjäljistä päätellen – ja ilmeisen vaarallinen. Hän oli aseistettu, hänellä oli metsänvartijan ase mukanaan. Missä hän nyt oli, siitä ei ollut tietoa. Metsä oli suuri ja laaja. He kolmissa tuumin miettivät, mitä tehdä. Pitäisikö hakea apujoukkoja? Vai mennä kolmistaan miehen perään? Heillä oli kolme asetta, puukot ja narua, jolla sitoisivat miehen kiinni, jos onnistuisivat hänet löytämään. Kännyköitä ei ollut vielä keksittykään. Niinpä he päättivät kolmistaan saada miehen esiin jostain metsän kätköistä. Miten hänet tavoittaa? Mitä tehdä, ampuako heti? Henki hengestä, tuumasivat he.

Miehet kulkivat aikansa ja kadottivat jalanjäljet. He ihmettelivät, missä mies oli. Kukin lähti eri suuntaan muttei kuulomatkaa pidemmälle. Kun he olivat aikansa ihmetelleet, oksa narahti ja kuului laukaus. Yksi mies oli saanut kuolettavan osuman lähietäisyydeltä. Toiset olivat vähän peloissaan ja riensivät laukauksen suuntaan ja löysivät toisen metsänvartijan kuolleena puun juurelta.

Niin yllättyneitä he olivat, että seisoivat puun juurella tietämättä mitä tehdä. Kauhuissaan he ihmettelivät, mistä ammunta tuli. He juoksivat kauemmaksi, mutteivät riittävän nopeasti eivätkä riittävän kauas. Taas kuului laukauksia, nyt heidän yläpuoleltaan. Mies oli puussa ja ampui sieltä. Yksi laukaus meni ohi, mutta seuraavat kaksi laukausta osuivat. Molemmat miehet putosivat polvilleen, siitä maahan, toinen suulleen, toinen kyljelleen. Laukauksia tuli neljä. Molemmat miehet saivat kaksi osumaa, toinen päähänsä, toinen hartioihin, rintaan. Kaksi muuta laukausta osuivat toiseen jalkaan ja palleaan.

Jonkin aikaa miehet olivat henkitoreissaan, kunnes hetken päästä heittivät henkensä vuodettuaan kuiviin, apua saamatta. Voi olla, että apu ei olisi edes auttanut. Ei auttanut miesten aseella osoittelu, aikaisempi hyökkäys tuli niin yllätyksenä.

Kuolleita oli nyt kolme lisää, yhden lisäksi. Ampuja oli mies, jolla ei ollut nimeä.

Mies kiipesi puusta alas. Hän näki metsänvartijoiden makaavan maassa. Miksi eränkävijälle ei ollut tullut mieleenkään katsoa tarkempaan puuhun, jonka vieressä metsänvartija makasi? Seuraukset olivat kohtalokkaat. He olivat katsoneet ylös puuhun, mutteivät nähneet aseen kanssa odottavaa miestä.

Yksinäinen mies oli entistäkin yksinäisempi. Rikollisempi ihminen, joka on osa luontoa ja joka saalistaa niin kuin eläin. Mutta tällä miehellä oli itsesuojeluvaisto tai jokin, tuskin hän huvin vuoksi tappoi.

***

Seuraavan päivän aamu oli samanlainen kun aiempikin, nyt miehellä vain oli neljä ruumista ammuttuina. Tietenkin hän otti tarpeellisen heidän repuistaan, myös aseet ja kaikki ammukset. Vähän miestä ahdisti, mutta häntä ahdistelleet miehet piti tappaa – itsepuolustusta, liioiteltua sellaista. Niinpä hän pälyili majassaan, kunnes huomasi, että oli parempi olla metsässä, jossa hän oli saalistanut eläimiä ja myös tappanut ihmisiä. Hän kulki aikomuksenaan metsästää saaliseläimiä, mutta ei saanut näköpiiriinsä paljon muuta kuin lintuja, jotka olivat pieniä, liian pieniä saaliiksi.

Niinpä oli pitkällä jo iltapäivä. Kuljettuaan pitkän matkan mies löysi toisen majan, joka oli samanlainen kun ensimmäinen. Mutta majassa oli käyty. Poliisi ja partio olivat löytäneet ruumiit ammuttuina, yksitellen, melkein vieri vieressä. Yksi oli joen tuntumassa. Jalanjäljistä oli helppo päätellä, missä toiset kolme olivat. Niinpä partio löysi neljä kuollutta metsänvartijaa. Yksinäinen mies ei ollut yrittänyt peitellä ruumiita.

Poliisit ihmettelivät, miten oli mahdollista, että tekijöitä oli yksi, kuten he olivat päätelleet kengänjäljistä. He tuumasivat aikansa ja päättelivät, että tappaja oli häikäilemätön. Tappajan kengänjäljet olivat suuret. Tekijä oli mies ja luultavimmin suuri mies. Hänelle ei pärjäisi kaksikaan miestä pyssyineen, jollei yllättänyt murhaajaa. Surmaaja taisi sen taidon kyllä, olihan tappanut neljä aseellista miestä yksinään. Sieti varoa, ettei häneen törmännyt metsässä niin, että hän kerkeäisi ensin ampumaan. Koska aseita hänellä olisi, aseita, jotka oli anastanut metsänvartijoilta. Pyssyt ja panokset.

Luultavasti mies oli jo kaukana aseineen. He eivät tienneet, että mies oli muistinsa menettänyt, syyntakeeton ihminen. Heitä oli kolme paria, ja he kyllä saisivat piiritettyä metsän, joka oli todella suuri. Heidän tuli olla tarkkana saadakseen miehen kiinni tai ammutuksi. He suunnittelivat ja suunnittelivat.

Poliisit kyllä saisivat miehen kiinni, kolme kahden paria. Heillä oli kova työ saada mies kiinni tai ammutuksi miestä. Ei väliä, vaikka mies saisi surmansa, niin häikäilemätön hän oli. Niinpä he päättivät lähteä eri suunnille pareittain. He eivät aavistaneet, mikä heitä odotti, vaikka pelkäsivätkin. Lähtivät silti kukin tahoilleen valmiina ampumaan miehen.

Yksinäinen mies näki majalle tullessaan, että poliisit lähtivät kulkemaan eri suuntiin. Niinpä hän lähti vastakkaiseen suuntaan toivoen välttävänsä sen, että poliisit näkevät hänet. Hän lähti kauas heistä. Hänellä oli vaisto tappaa. Käsky tuli aivoista, ei niinkään sydämestä. Hän oli kerännyt luodit metsänvartijoilta, niinpä hänellä riitti niitä. Hän osasi käsitellä asetta ja ladata. Lippaaseen mahtui kuusi luotia. Kivääriin mahtui vain yksi kerrallaan, ja sen hän hylkäsi, reppuun otti muut aseet.

2. luku

Mies jätti paikkansa, johon oli jo tottunut. Hän lähti kulkemaan syvälle metsään rajan vierestä, missä koirat haukkuivat ja tähystäjä oli tornissa. Mies kiersi rajan kyllin kaukaa, Venäjän ja Suomen rajan, vaikka melkein rajalle pääsikin. Hän ei ylittänyt rajaa rajavartijoiden valvovan katseen alla, vaan jatkoi matkaa kauemmaksi rajasta. Hän oli Raja-Karjalassa, missä olikin mökkejä ja asukkaita. Muutama vanha pariskunta, joilla oli huono kuulo ja näkö ja jotka lisäksi liikkuivat vaivalloisesti.

Sinne mies majoittui yhteen taloon. Hän sai ruuan ja yösijan. Talon vanha pariskunta kysyi, mistä mies oli tullut ja minne menossa, vai muutenko vain oli liikkeellä. Miten mies tänne asti oli tullut? Hänellä oli päällään metsänvartijan punainen takki, mistä he päättelivät, että hän oli metsänvartija.

Mies ei kuitenkaan puhunut. Pariskunta ajatteli, ettei hän osannut suomea. Hän oli siis venäläinen tai jonkin muun maalainen, ruotsalainen tai norjalainen. Niidenkin maiden raja oli kohtalaisen lähellä.

Mies näytti vatsaansa, ja he tarjosivat ruokaa ihmetellen, kun mies ei puhunut mitään. Hän söi halukkaasti heidän tarjoamaansa ruokaa.

Sillä välin partiopoliisit olivat aikansa miestä etsittyään tulleet siihen tulokseen, että lähetetään monta partiopoliisia perään. Niin he tulivat tarkastusasemalle ja tekivät ilmoituksen murhista tai tapoista, mitä ne olivatkaan. Neljä miestä oli raatona.

Poliiseilla oli myös kiire saada vainajat kotiin pois metsästä, pois eläinten ulottuvilta. Metsässä liikkui susia ja lisäksi karhuja sekä ahmoja ja kettuja – lihansyöjiä. Niin meni vähän aikaa, ennen kuin uudet partiot saatiin liikkeelle. Liikkeelle lähtivät jälkienseuraaja ja koirat, jotka jäljittivät myös. Lähti tutkijoita ja tarkkailijoita koirien kanssa perään, pimeään metsään, mihin olettivat miehen menneen.

Aikansa etsittyään he palasivat takaisin tarkastusmajalle, antoivat koirille käskyn lähteä seuraamaan jalanjälkiä. Lumi oli hyvää vauhtia sulamassa ja uutta lunta tuli tilalle.

Tuskin oli enempää kun yksi ihminen, koska oli yhdet ylimääräiset jäljet. Tämä viittasi tappajaan, joka oli pian saatava kiinni. Oli saatava tuoreet jalanjäljet. Koirat nuuskivat ilmaa, nuuskivat joka ilmansuuntaan.

Poliisit menivät kuka minnekin, lopulta pohjoiseen, missä tappajakin oli. Koirat seurasivat jälkiä, kunnes kadottivat ne. Metsä oli niin, niin tiheää ja rämeikköistä. Tuskin ihminen kykeni etenemään.

Partiopoliisit olivat harmissaan lumisateesta ja siitä, ettei tappajaa saatu näköpiiriin, jotta hänet olisi voitu pysäyttää. Niinpä he kiersivät kehää. Jossainhan tappaja oli! Parasta ampua heti, he päättelivät. Mutta missä tappaja oli? Partiopoliisit kiersivät jokea, olisiko tappaja ollut toisella puolella. Koirat jatkoivat juoksuaan.

Mies majaili talossa, johon oli majoittunut. Hän kuuli koirien haukun vaimeana, kunnes haukku lakkasi. Yllättyneenä mies ei kerennyt karkuun, kun paikalla oli jo kaksi poliisia, jotka taloon tullessaan kysyivät heti papereita. Eihän miehellä ollut niitä. Poliisit sanoivat, että nyt lähdettiin, ja tulivat kohti aseet kädessään. Siihenkös mies reagoi heti. Hän otti salamana kiväärin, mutta sai luodin jalkaansa. Kuului vain pamaus. Se ei miestä pysäyttänyt, vaan hän onnistui pakenemaan kamariin keittiöstä, jossa olivat kahvilla. Vanha pariskunta luuli miestä omaksi pojakseen, ja he huusivat: "Älkää ampuko!" Mies on heidän poikansa Erkki eikä mikään tappaja. Poliisit ihmettelivät, miksei hän näyttänyt papereita. Vai aikoiko hän hakea kamarista paperit? Vanhukset luulivat, että mies oli sotaa paossa. Luulivat, että poliisit olivat sotapoliiseja, jotka veisivät miehen, heidän poikansa, sotaan. Sehän ei käynyt.

Poliisit lähestyivät kamarin ovea valmiina ampumaan. He koettivat ampua miestä toistamiseen. Jos ei papereita löytynyt, mies oli mitä ilmeisimmin heidän jahtaamansa tappaja. Miehen jalka vuosi ja särki. Hän nilkutti, silti kerkesi tarttumaan aseeseen ja tähtäämään. Niinpä tuntematon mies sai kolme luotia nahkaansa, mutta hän ei välittänyt vaan ampui kohti kiväärillä. Ensin toiseen ja sitten toiseen, tarkka-ampujan tavoin.

Molemmat poliisit valittivat, samoin mies, joka ei ollut saanut kuolettavia vammoja. Mikä tuuri, vaikka poliisien oli tarkoitus tehdä hänet vaarattomaksi – tai tappaa. Henki hengestä. Mutta yksinäinen mies oli aina nopeampi, niin nytkin. Hän menetti kuitenkin tajuntansa joksikin aikaa. Sen sijaan miehet, vaikka heitä oli kaksi, menettivät sekä tajuntansa että myöhemmin henkensä. Luodit olivat osuneet rintaan ja päähän. Yksinäinen mies sai kaksi osumaa jalkaansa, reiteen ja pohkeeseen, sekä yhden käteen. Verta oli kaikkialla kamarissa.

Miehet makasivat ovensuussa lattialla. He olivat sen verran tajuissaan, että yrittivät kyllä ampua uudestaan. Luodit menivät ohi, kamarin seinästä läpi sekä lattiaan ja kamarin tuoliin. Miehet makasivat kamarin kynnyksellä. Veri ja haavat alkoivat kuivua.

Mies, jota vanhukset olivat luulleet pojakseen Erkiksi, makasi kamarin sängyssä ja valitti. Vanhukset riensivät auttamaan, ja hänkin menetti tajuntansa. Kun hän oli tajuttomana, vanha mies kaivoi luodit nahasta ja vanha nainen puhdisti haavat.

Mies makasi kaksi kolme tuntia tiedottomana ja heräsi janoisena. Vanhukset kantoivat vesilasin miehelle, joka ahnaasti joi lasista. Vanha pariskunta alkoi raahata puutarhan perälle miehiä, jotka olivat kuolleet, ja saivatkin raahatuksi aikansa ähellettyään. He kaivoivat sotapoliiseiksi luulemilleen miehille montut, joihin lykkäsivät vainajat.

Mies oli todella tehnyt niin, että oli taas tappanut kaksi ihmistä lisää. Syntilista oli suuri. Mutta hän ei oikein mieltänyt niitä omiksi teoikseen, vaan oli hyvässä uskossa itseensä.

Verta oli joka puolella, vaikka vanhukset olivat käärineet vainajat huopiin. Oli paljon siivottavaa. Veri alkoi kuitenkin kuivua maassa ja tuvassa. He olivat myös sitoneet miehen haavat, luotien paikat. Mies nilkutti keittiöön. Vanhukset oli tyytyväisiä lopputulokseen. Heidän poikaansahan ei vietäisi sotaan enää. Siellä sodassa oli vanha isäntä ollut useamman kerran.

Puutarhan perälle haudattuja miehiä tultaisiin etsimään. Missä he olivat? Puutarhan perällä, peitettynä mullalla ja hiekalla. Mitään ei jäänyt jälkeen, kun he lapiolla ja mullalla peittelivät raahaamisjäljet.

Mies piilotti kamarin perälle kiväärinsä. Hän kaivoi repustaan pistoolin ja luoteja ja latasi. Aivan kuin ei olisi tarpeeksi tehnyt pahaa. Kiväärin luodit oli melkein käytetty. Osasiko hän ampua pistoolilla, se oli eri juttu.

***

Seuraava päivä koitti, aamun sarastaessa juotiin kahvit. Otettiin voileipää, jossa särvintä. Ruokaan olisi aikaa, mies tähtäsi puuhun pistoolilla. Hyvinhän se sujui ensikertalaiselta. Vanhukset olivat vähän säikkyjä edellisestä päivästä. Mies ampui hivenen ohi pistoolilla. Oli helpompaa ampua kuin kiväärillä, helpompi tähdätä. Seuraava kuti osui jo maaliinsa. Hän harjoitteli vielä jonkin aikaa, kunnes oli tyytyväinen tulokseen. Miehellä oli hyvä tuuri monta kertaa. Vai oliko hän taitava ampuja? Kauanko tuuri kestäisi?

Haavat jalassa ja kädessä haittasivat liikkumista. Hän oli lähdössä, pakkasi juuri evästä ja juomaa mukaansa, kun vanhusten lapset ja lapsenlapsenlapset tulivat pihaan. Mies näki tilanteen ja riensi ovelle yrittäen lähteä matkoihinsa. Kuka hän oli ja miksi hän oli vanhusten luona?

14

He olivat kuulleet tappajasta ja riensivät katsomaan mummua ja vaaria. Arvasivat heti, että hän olisi tappaja. Heillä ei kylläkään ollut asetta, mutta he voisivat ilmoittaa tyypistä kotiin päästyään lähimmälle poliisiasemalle. Itse asiassa he aikoivat tehdä sen heti.

Lapsenlapsenlapset olivat pihamaalla ja leikkivät. Yksinäinen mies oli ottanut esille aseen, jolla hän tähtäsi, ja otti noin nelivuotiaan pojan vangiksi. Poika ei osannut ihmetellä muuta kuin mihin isä ja äiti jäivät, kun mies kiikutti lasta metsään kuin eläin, joita metsässä olikin ja joita sai varoa.

Mies kulki juosten lapsi mukanaan, metsään, joka oli lähellä. Äiti huusi ja isä huusi: "Ollii! Ollii! Ollii!" mutta tuloksetta. Mies oli kadonnut lapsen kanssa metsään. Hän jatkoi matkaansa lapsi reppuselässä. Lapsi ihmetteli, kuka mies oli. Mies jutteli pojalle, mitä ei yleensä tehnyt.

Lapsen isä lähti tietenkin miehen perään niin nopeasti kuin ennätti juosten. Hän seurasi miestä, jonka silmillään näki, mutta mies oli jo kaukana tiheässä metsässä, jossa oli tottunut kulkemaan. Hän juoksi mutkitellen, ja isä seurasi ajatuksena saada lapsi takaisin.

Vaimon itku kantautui pihamaalta. Muutkin mökäsivät, huusivat Ollia, joka oli lapsen nimi. Vaimo oli raskaana, vatsa pyöreänä. Supistukset alkoivat, kun äiti itki jälkikasvuaan. Hän uskoi, ettei enää ikinä näkisi poikaa. Vanhukset kehottivat häntä lepäämään. Hänen jonkin aikaa levättyään supistukset menivät ohi. Onneksi, ettei tarvinnut alkaa synnyttää kesken raskauden, isän ollessa metsässä pojan ja miehen perässä.

Vanhukset alkoivat aavistaa jotain pahaa, kun lapsi vietiin ja äiti vain itki. He eivät uskoneet, että mies olisi mikään tappaja, vaikka olivat nähneet sotapoliisiksi luulemiaan poliiseja ammuttavan.

Mies jatkoi matkaansa jalkapatikassa, mukanaan lapsi, joka itki. Mies yritti lohdutella, onnistumatta. Lapsen itku hukkui jonnekin metsän kätköihin tai oli niin heikko, ettei kuulunut kauaksikaan. Ei isälle asti, joka tavoittikin karkulaista. Isä kuitenkin eksyi metsään, eikä hänellä ollut aavistustakaan, missä mies olisi pojan kanssa. Oli jo ilta, ja lapsen isä huomasi nuotion savua. Jonkin matkaa savua kohti kuljettuaan hän saavutti matkalaiset. Mies oli luullut jättäneensä isän jälkeensä, vaan eipä ollut. Sitkeä isä juoksi myös. Sattumaltako isä tavoitti miehen, joka oli vienyt pojan, Ollin, jota huuteli?

Yksinäinen mies oli pyydystänyt variksen, josta parhaillaan teki ruokaa. Ase painoi, ja hän laski sen viereensä. Hän kyni linnun ja veti sisälmyksiä pois. Poika sanoi: "Intu intu intu", tarkoittaen lintua. Ruuan valmistuttua he alkoivat syödä. Poika vähän maisteli palasia, joita tuntematon mies antoi. Mies sanoi, että täytyy jotain syödä pitkän matkan jälkeen. Pojalla oli nälkä, joten hän söi ja joi niin kuin mieskin, vähemmän vain.

Lapsen isä osasi savun perusteella paikalle.

Isä aikoi ottaa itselleen pojan, joka huusi: "Isä, isä!" Hän juoksi poikaa kohti, mutta miehellä oli pistooli, jonka hän otti maasta. Isäkin tavoitteli pistoolia sen havaittuaan, mutta liian myöhään. Tuntematon kerkesi ensin, koska oli lähempänä. Poika yritti isänsä luokse ja huusi: "Isä, isä, isä!" Tuntematon mies kuitenkin raa'asti otti pojan ja ampui ohi. Isä vain läheni poikaa miehen ammuttua varoituslaukauksen, minkä jälkeen tuntematon mies ampui sumeilematta lapsen isän. Hän osui kohteeseen tarkasti kylkiluiden väliin. Lapsi huusi palleaan. Poika näki isänsä kuolleena maassa, kuin linnun, joka myös oli kuollut.

Vasta silloin poika alkoi toden teolla pelkäämään. Hän vapisi kauttaaltaan ja oli sokissa. Hän polki maata ja itki hysteerisesti, minkä jälkeen takoi pienillä nyrkeillään tuntematonta tappajaa polviin – muualle ei ylettänyt. Sen jälkeen lapsi riensi isänsä luokse. Hän sanoi miehelle: "Olet tuhma setä." Jotenkin poika tajusi kuoleman, tosin huonosti.

Mies oli tottunut ampumaan kaikki miehet, jotka hän katsoi itselleen vaarallisiksi. Sellaisia miehiä oli kovin paljon, jotka kohdatessaan aina tappoi.

Illan tullen oli leiriydyttävä. Mies lähti noutamaan kuusen oksia ja koivun oksia ja teki jonkinlaisen kaarevan majan sateen suojaksi. Seinäksi ja lattialle hän laittoi koivuja. Sateen suoja oli valmis nukkumapaikka. Poika olikin väsynyt, ja mies kantoi pojan majaan, peitteli hänet takilla. Vähän poika itkeskeli vielä, kunnes nukkui itkuisena. Myös mies nukkui.

Nuotio oli sammutettu aikapäivää sitten, ettei savu kielisi heidän paikastaan. Isä oli verilammikossa, johon mies kantoi risuja ja oksia, etteivät eläimet haistaisi raatoa. Raato kuin raato. Eläimet olivat myös vaistonvaraisia. Söivät mitä löysivät tai pyydystivät.

3. luku

Yö oli kylmä miehelle ja pojalle. Mies auttoi pojalle alle ja ympäri takin. Itse hän paleli niin, ettei uni meinannut tulla. Kun hän heräsi kylmään, lunta tuskin näki enää. Lumet olivat lähestulkoon sulaneet. Hän oli ollut metsässä yhteensä epämääräisen ajan. Taloihin ei ollut menemistä. Kaikki tiesivät maantiellä tai metsässä kiertävästä miehestä, joka oli vienyt talosta neljävuotiaan pojan. Kaikki pelkäsivät todella paljon. Lisäksi mies oli tappanut monta miestä. Viranomaisia. Oli tiedossa, että lapsen isä oli lähtenyt miehen perään.

Poliisit kävivät pahoin aavistuksin talolla, jossa tiesivät kadonneen pojan olleen. Kamarissa nainen itki kadonnutta lastaan sekä miestään, jota ei kuulunut takaisin. Nainen antoi tuntemattomasta miehestä aika hyvät tuntomerkit. Mies oli pitkä, noin 196 senttiä, hoikka ja ruskeatukkainen. Hänellä oli päällään punainen takki, tummat housut ja pusero. Lisäksi reppu ja poika, joka oli noin neljävuotias. Hän kertoi heidän menneen metsään, jonne lapsen isäkin oli lähtenyt hakemaan lasta.

Pahoin aavistuksin poliisit riensivät metsään aamuhämärissä. Aurinko ei ollut vielä noussut. Linnut lauloivat ja oli melkein kevät. Jälkiä ei jäänyt kun yhdet, lapsen isän jäljet.

Aikansa kierreltyään poliisit uskoivat olevansa lähellä miestä sekä poikaa, koska löysivät käsin tehdyn majan tapaisen, kuusenoksista ja koivunoksista kyhäillyn majan, jota tuuli oli riepotellut joka suuntaan. Ilmeinen yöpaikka, he eivät olleet kaukana.

Toiveikkaana poliisit katselivat nuotion paikkaa, jossa mies oli suolistanut ampumansa variksen. Nuotiopaikalta löytyi variksen sulkia, eikä nuotio ollut kovin vanha. Oliko miehellä vielä panoksia? Montako pyssyä miehellä oli? Vaikka kuinka monta ja panoksia vielä.

Mies oli vaarallinen. Hän oli taas vähän matkan päässä, vielä lapsi mukanaan. Vanha pariskunta ei uskaltanut puhua mitään puutarhaan hautaamistaan miehistä. Niinpä heitäkin etsittiin. Kolmekymmentäkaksi poliisia ja jäljittäjä etsivät miestä. Jäljittäjä löysi merkkejä miehestä, joka oli liikkunut luonnossa. Koirat haistelivat puita, maata ja pensaita, mutta karkulainen oli mennyt jokea yläjuoksuun, pojan kanssa, josta ei ollut vastaanpanijaksi. Koirat eivät tienneet, haukkuako vai murista. Poliisit ruokkivat ne pienriistalla, joita koirat hakivat. Poliisit olivat ampuneet niille lintuja tai jotain muuta.

Laukaukset kuuluivat yläjuoksulle asti. Pojan kanssa kulkevalle miehelle tuli kiire. Partioita oli yötä myöten liikkeellä. Niinpä osa nukkui, sitten he jatkoivat matkaa joen toiselle puolen, jonne arvelivat miehen menneen.

Koirien kanssa poliisit jäljittivät miehen ja pojan. Pojan nalle oli tutkittavana. Koirat haukkuivat äänekkäästi ja juoksivat, mutta eivät tavoittaneet karkulaista eivätkä poikaa, mutta jäljillä olivat. Poliisit pelkäsivät surmaajaa, joka oli tappanut kuusi heidän miestään ja lapsen isän. Siksi he jatkoivat matkaa, jos surmaaja löytyisi koirien avulla. Koirien oli käsketty käydä mieheen kiinni. Ne olivat koulutettuja koiria, kalliita, oppineita koiria, jotka yleensä osasivat asiansa.

Venäjän ja Suomen raja oli ihan lähellä. Poliisit tuumivat keskenään, ettei mies ollut niin hullu, että koettasi ylittää Venäjän rajaa pojan kanssa keskellä päivää. Hän jäisi varmasti kiinni, koska Venäjällekin oli annettu heistä etsintäkuulutus.

Mies kulki vähän nälkäisenä ja uupuneena miehet ja koirat perässään.

Rajavartijat kävivät tarkastamassa paikat, aidat, ettei kukaan ollut mennyt niistä läpi.

Mies, jolla ei ollut papereita eikä nimeä, kulki vain, suuntana metsä. Mitä syvemmälle korpeen pääsi, sen parempi. Jokin logiikka hänellä oli. Kiinni jäämisen vaara oli suuri. Koirat varmaan haistoivat pojan, ja sen mieskin tajusi – koirat olivat vaarallisia, samoin miehetkin.

Metsää riitti. Aikansa aina syvemmälle ja syvemmälle sakeaan metsään taivallettuaan mies ja poika lopulta löysivät erakon mökin. He suuntasivat sinne. Majassa oli vanha mies, joka eleli yksinään. Hän oli noin 80-vuotias ja osasi suomea ja venäjää. Hän kysyi suomeksi: "Kuka olet?" Mies ei osannut vastata. Seuraavaksi vanha mies kysyi: "Onko poika poikasi?" eikä tuntematon mies osannut siihenkään vastata.

Tuo metsästä tullut nuori mies oli todella rikollinen. Hän osasi peittää jälkensä ja onnistui aina pakenemaan lain kouraa. Hänellä kävi tuuri, jatkuvasti. Siinäkin, että löysi erakon majan. Hänen ei tarvinnut ampua erakkoa, joka oli vanha ja höperö ja joka ei tiennyt surmista mitään. Erakko oli vanha mies, joka osasi tehdä ansoja eläimille. Milloin mikin jäi kiinni. Hän myös nylki ja kypsensi nuotiolla eläimet syödäkseen ne. Olihan hänenkin pakko syödä, vaikka oli laiha ja jäntevä. Tällä kertaa hänellä oli jokin lintu, aika iso. Mikähän lienee?

Vanha mies kävi pojan ja miehen kanssa kokemassa ansoja. He sytyttivät nuotion, ja vanha mies suolisti ja paistoi linnun, jonka kypsymistä joutui odottamaan jonkin aikaa. Sitten kun lintu oli paistunut, he söivät hyvällä ruokahalulla, myös poika, joka oli jo tottunut syömään riistaeläimiä yksinäisen miehen kanssa matkatessaan. Tämä oli mies, joka ei muistanut nimeään eikä ampumiaan miehiä.

Erakko oli vanha valkea mies eikä ollut vaaraksi, vaan hän tarjosi ruuan sekä yösijan. Jospa mies nyt uskalsi nukkua tönössä, etteivät takaa-ajajat tulisi sinne.

Erakko pyydysti saaliinsa itse joka päivä eikä tarvinnut kenenkään apua elämäänsä. Ei tarvinnut myöskään yksinäinen nuori mies, mutta poika olisi tarvinnut äitiä sekä isää. Mutta mies oli riistänyt isän hengen. Äitikin oli kaukana.

Iltakin joutui, ja niin mies lähti metsälle väijymään poliiseja. Hän otti pojankin mukaan. Poika olisi halunnut yöksi tönöön, mutta todistusaineistoa ei sopinut jättää poliiseille, jotka melko varmasti tulisivat tönöön, jonka ukko oli tehnyt itselleen.

Molemmat palelivat, yö pimeni. Alkoi sataa. Lumesta ei ollut tietoakaan, mutta räntää satoi kaatamalla. Poika tärisi kylmästä, ja mies antoi takin päältään pojalle. Mies otti yhden aseistaan ja sanoi: "Ammu, jos joku tulee." Pojan kanssa hänen puhekykynsä oli palannut.

Poika otti aseen, joka oli liian painava. Hän tähtäsi miestä ja alkoi täristä, kun ei jaksanut painaa liipaisimesta. Mies otti aseen pois pojalta ja sulloi sen reppuunsa, jonka oli anastanut rajavartijalta. Hän toimi vaistomaisesti kuin eläin, joka ei aivoja paljon tarvinnut paitsi hengissä selviämiseen.

Ilta joutui yöksi. Mies ja poika kulkivat tönöön, joka oli kyhätty kokoon puista. Siinä oli puita päällekkäin, yksi seinä auki oviaukkona. Satoihan sinnekin sisälle muttei niin pahasti kuin pelkän kuusen tai männyn alle, jotka eivät pitäneet sadetta loitolla ollenkaan. Heidän tekemänsä maja piti vähän enemmän sadetta.

He sovittelivat, miten mahtuisivat majaan, ja lapsi ja vanha mies sopivat sinne mainiosti, mutta yksinäinen mies ei sopinut kokonaan vaan hänen jalkansa jäivät oviaukon ulkopuolelle. Kuitenkin he kaikki nukkuivat pari tuntia, poikakin, joka nukkui myös luonnossa pitkien päivien väsyttämänä. Poika kaipasi äitiään ja kysyi: "Missä äiti on?" mihin mies ei osannut vastata juuta eikä jaata.

***

Mies heräsi koiran vaimeaan haukkuun. Hän herätti unisen lapsen ja kantoi tämän metsään, peitti kaikki jäljet itsestään ja pojasta. Poika kulki reppuselässä, reppu oli etupuolella. Lapsi nuokkui selässä. Onneksi satoi: sade kadotti maastosta kaikki jäljet, hajujäljet ja painaumat pensaista ja sammaleista. Maasto oli sammaleista.

Jälkien seuraaja oli väsynyt, samoin muut miehet, jotka saapuivat erakon mökille. Jälkiä tai ei, aina kannatti tarkastaa kaikki mahdolliset paikat, myös erakon mökki. Saavuttuaan majalle he herättivät vanhuksen, joka nukkui koiranunta. He kysyivät suomeksi, oliko miestä ja poikaa näkynyt. Tähän vanha mies vastasi topakasti, vähän liiankin topakasti: "Ei ole." Vanha erakko parka, ei uskaltanut paljastaa miestä eikä poikaa, kun pelkäsi kostoa. Niin yksinäinen mies oli sanonut: hän tulee tarkastamaan, onko ketään käynyt, onko mies kannellut. Vanha mies ei kannellut, ja niin mies ja poika pääsisivät jatkamaan syvemmälle metsään.

Partiopoliisit eivät luottaneet ukkoon vaan lähtivät myös metsään. He kulkivat metsässä jonkin matkaa, kunnes syvemmälle pääsy vaikeutui niin, etteivät he päässeet jatkamaan. Metsä muuttui soiseksi, eivätkä he uskaltaneet päästää koiria soiseen maastoon.

Partiopoliisien oli vain peräännyttävä, mentävä toista kautta, kiertokautta, jos tahtoivat eteenpäin. Oli mentävä, pakko jatkaa.

Yhtä vaikea maasto oli miehelle, mutta entä poika, miten hänen laitansa oli? Luopuiko mies kevyessä maastossa pojasta? Puusto oli tosi tiheää, paitsi suon kohdalla, jossa kasvoi vaan suopursuja ja sammalta. Vesi oli huuhtonut yksinäisen miehen jäljet, ja sammalella oli taipumus nousta, palautua, ettei nähnyt, oliko sen päältä kuljettu vai ei. Poika ja mies kuitenkin osasivat kulkea vaikeassa maastossa, tosin poika oli reppuselässä eikä mies luopunut painostaan.

Partiopoliisit päättivät mennä takasin ukon mökille, tarkastamaan vielä. Mitään jälkiä ei ollut jäänyt, ja poliisit ihmettelivät, olikohan mies käynyt tönössä ollenkaan. Niin ukko sanoi: "Ei täällä erämökissä ole kukaan käynyt tai tänne eksynyt."

Yksinäinen mies tykkäsi lapsista ja vanhuksista, hän tuli heidän kanssaan toimeen, puhui heille.

Mies ja lapsi tulivat aukiolle, jonne mies rakensi jonkinlaisen suojan yöksi. Seuraavana päivänä poika tuli kuumeeseen: edellisen päivän mies oli juossut pojan kanssa, ja he olivat kastuneet. Miehellä oli työ saada poika erakon majalle takaisin. Hän luotti siihen, että poliisit olivat jatkaneet matkaa käytyään majalla edellisenä päivänä.

Majalla ei enää ollut poliiseja miehen tultua pojan kanssa sinne takaisin.

Lapsi oli hohtavan kuuma. Vanha mies antoi pojalle aspiriinia, joka jonkin ajan kuluttua auttoi: pojan kuume laski selvästi.

Satoi kaatamalla. Oli parasta jättää poika tönöön jonkinlaiseen sateensuojaan. Tönö, joka oli tehty latomalla puita päällekkäin, suojasi pahimmalta sateelta, se piti aika hyvin sadetta. Mutta oviaukko oli auki, ja erakko sulki sen, ettei poika palelisi, millä lie vanhoilla rievuilla. Ei ollut paljon kauppoja lähellä, lähin viidenkymmenen kilometrin päässä.

Poika nukahti melkein heti ketun karvaa allaan. Yksinäinen mies meni metsään ja nukkui siellä.

Seuraavana päivänä tönölle tuli väkeä, rajavartijapoliisit sekä yksityisetsivä. Erakko alkoi valittamaan ja sanoi olevansa kipeänä. Satoi edelleenkin, nyt kylmää räntää. Yksinäinen mies kuunteli metsään kyhäämässään majassa koirien haukkumista ja päätti ehtiä ennen poliiseja hakemaan pojan pois. Nipin napin hän ehti juosten tönölle ennen poliiseja ja kiirehti pian metsään pojan kanssa.

Edellisen päivän ja yön kestänyt sade lakkasi. Erakon mökillä aikansa oltuaan poliisit kääntyivät takaisin iltapäivällä. Vaikka sade lakkasi, tuskin mitään jälkiä löytyisi. Yksityisetsiväkään ei voinut löytää mitään. Sateessa kastuneet koirat oli vietävä turvaan tarkastuspisteeseen, minne oli kuitenkin matkaa. Oli ilmoitettava eteenpäin, että satoi ja miestä ei löytynyt. Sade oli huuhtonut kaikki jäljet. Radio kävi kuumana, kunnes sekin vaikeni.

Yksinäinen mies oli tyytyväinen itseensä ja siihen, ettei ollut nukkunut erakon majassa, kun poliisit kävivät.

Miesten oli pakko nukkua tarkastuspisteellä. Miehet ja koirat kuivattiin pyyhkeillä, ja uuni lämmitti sopivasti. Miehet ja koirat söivät, minkä jälkeen kaikki menivät nukkumaan. He nukkuivat antaumuksella pitkän vaelluksen jäljiltä. Koiratkin haukottelivat, oikoivat uunin luona jäseniään. Miehet nukahtivat niille sijoilleen, eivät kunnolla kerenneet pitkälleen. Eivätkä kaikki mahtuneetkaan uunin viereen. Oli pakko nukkua lattialla, mutta uni tuli joka tapauksessa.

Miehet nukkuivat pitkälle aamupäivään. He söivät rosvopaistia, ja aurinko oli jo korkealla taivaalla. Sateen jälkeen oli ilma puhdistunut ja mahdolliset rikollisen jättämät jäljet häipyneet. Unien jälkeen he söivät vielä ja joivat, tankkasivat. Edessä oli joka tapauksessa pitkä päivä. Heillä oli kuusi levännyttä koiraa, joista kaksi oli kipeänä, niin että koiria oli neljä matkaan lähtemässä.

Miehet olivat hyvin koulutettuja ja melko kunnossa. He halusivat joutua pian matkaan. Miehiä oli jäljellä kuusitoista, muut olivat kipeänä. Oli siinä silti yksinäisellä miehellä tekemistä, jos vastaan tulisi tai jos hänet tavoitettaisiin.

Aurinko kuivasi maan. Nyt voisi löytyä miehen jälkiä, mikäli hän oli nyt liikkunut. Mies oli kuitenkin tosi taitava piiloutumaan, kun eivät koiratkaan olleet löytäneet jälkiä.

Myös yksinäinen mies nautti auringosta. Hän jatkoi matkaa pojan kanssa. Tovin kuluttua he saapuivat joelle, jonka ylittivät. Siinä olisi taas takaa-ajajille tekemistä, että löytäisivät jäljet. Mies, joka ei tiennyt olevansa murhamies, oli syyntakeeton, minkä rajavartijatkin aavistivat. Mies pakoili vaistonvaraisesti, mutta aina tuli lisää poliiseja, jotka yhdessä hakivat yksinäistä miestä. Miehiä, joilla oli aseet ja punainen takki. Niinpä kaukaa katsottuna myös yksinäinen mies näytti rajavartijapoliisilta, mitä hän ei ollut. Siinäpä se: takaa-ajajat eivät osanneet välttämättä varoa vaan luulivat omikseen. Mutta toisaalta kukaan heistä ei kulkenut yksikseen.

Mies osasi tappaa ja puolustautua, myös suojella lasta ja ruokkia. Hän oli ottanut ukon antamia lääkkeitä poikaa varten, siltä varalta, jos tämä sairastuisi. Hän ei paljon ymmärtänyt, mutta ymmärsi, jos poika kävi kuumaksi ja veltoksi. Onneksi oli aurinkoista: he pysyivät kuivina ja melkein lämpiminä. Oli pakko jatkaa matkaa aina syvemmälle ja syvemmälle metsään, ettei nuotion savu leijuisi poliisien nokkaan tai etteivät laukaukset kuuluisi, kun hänen piti ampua riistaa. Hän ei osannut kunnolla tehdä ansoja. Ampua hän kuitenkin osasi, eläimiäkin. Hän ampui onnistuneesti suden, joka kulki yksinään. Missä oli koko lauma? Hän kaatoi kuitenkin suden, joka yksinään vaelteli. Nylkemisessä ja suolien ottamisessa oli kova työ. Hän myös leikkasi kurkun auki ja valutti veren. Poika oksensi, mies vain tarjosi vettä.

Mies aloitti sitten nuotiotulen laittamisen. Hän leikkasi aimo palan mahasta ja yritti kypsentää sitä. Nuotio sammui, kun sudesta valui vielä verta. Poika sanoi, ettei hän syö sutta. Mies uskoi poikaa ja pyydysti vielä teeren, jonka aikoi valmistaa pojalle. Toinen teeri lensi tiehensä. Linnun kynittyään mies valmisti hienon aterian pojalle ja itse söisi sutta, kun se kypsyisi.

Nyljettyään suden hän laittoi puun oksalle nahan kuivumaan. Hän oli saanut ukon majasta suolaa, jota ripotteli päälle ja alle, kun teeri valmistui nuotiolla. Hän söi pojan kanssa. Poika ei paljon syönyt, mutta söi kuitenkin, kun nälkä oli. Sitten joivat leilistä vettä, jota olivat ottaneet joelta, ja huilasivat vähän aikaa.

Heillä oli tuntuva etumatka, mies tiesi. Poliisit kuitenkin kulkivat joukolla perässä. He päättelivät, että ensin oli kiväärillä ammuttu, sitten anastetuilla pistooleilla. Kuolivatko kuusi poliisia omiin aseisiinsa? Mies oli ampunut poliisit ja lapsen isän. Seitsemän yhteensä heidän tietojensa mukaan. Lapsen isä oli avuton, koska ei huomannut kamarissa ollutta kivääriä. Olisiko se riittänyt pistoolimiestä vastaan, joka oli melkein ammattitappaja? Mies ei tuntenut syyllisyyttä teoistaan, koska kaikki pyyhkiytyi pois muistista. Hän ei muistanut edellisiä surmia, kun jo teki seuraavan. Hän jatkoi ampumista siksi, että tunsi olevansa uhattuna.

Tönön erakko ei tiennyt murhista, joita mies oli tehnyt. Poliisitkaan eivät maininneet asiasta ukolle. Tämä pelästyisi vain kauheasti. Erakko ei tiennyt, oliko mies pojan kanssa käynyt, tai sitten hän salasi sen. Oli pyyhkinyt koivunlehdillä jäljet. Mitään todisteita ei ollut jätetty.

Vaan erakko asusteli majassa yksinään. Viritteli ansojaan ja eli niin mukavasti kun voi. Maailma meni menojaan, viis yhdestä ihmisestä. Sama se mitä puuhasi, kunhan ei rikkonut kaikkia lakeja vastaan. Järjestelmä hajoaisi, jos ei säännöistä välitettäisi. Säännöillä se pysyi järjestyksessä. Tämä oli monelle itsestään selvää, mutta jotkut eivät sopeutuneet yhteiskunnan sääntöihin. Siitä seuraa auttamatta rangaistus. Kaikki eivät jää kiinni koskaan, lapsikin sen tajusi. Jos syyllistyi johonkin, piti tekonsa jotenkin sovittaa. Yhteiskunta ei sellaisia heikkoja ymmärtänyt, jotka tahallaan rikkoivat sääntöjä räikeästi ja toistamiseen.

Mutta yksinäinen mies meni menojaan eikä tiennyt laista mitään, vaan jatkoi matkaa niin kuin mitään ei olisi tapahtunut, koska ei käsittänyt tekojaan kokonaisuudessaan. Aivan varmaan tuntisi syyllisyyttä, jos kykenisi. Taisi olla muistinsa menettänyt psykopaatti. Sellainen, joka ei tekojaan kieltänyt, ei myöntänyt. Oliko vankila oikea paikka tällaiselle ihmiselle? Ei varmaankaan, kuitenkin ensisijainen vaihtoehto. Hän jatkoi tappamista, viranomaisten tappamista. Mielisairaala olisi oikea paikka hänelle. Eri juttu on, miten jää kiinni – ennen pitkää jää kiinni. Elävänä tai kuolleena, tehtyään monta surmaa. Ei kovin suunniteltujakaan, mutta hän teki peräkkäin monta tappoa ja surmaa. Saas nähdä, tekeekö lisää murhia. Jään itsekin kertomuksen tekijänä pohtimaan jatkoa.

***

Nyt oli rajapoliiseilla meininki ampua mies, kun saisivat vain hänet kiinni. Oliko sellaista lupaa olemassakaan? Että miehen sai ampua kuoliaaksi, vaikka tämä oli monta virkamiestä ampunut itse? Rajapoliiseilla oli inhimillinen kosto mielessä, mutta miehellä oli lapsi mukana, mikä teki hommasta vaikeampaa. Joka paikassa tiedettiin miehestä, joka ei vaan jäänyt kiinni. Kai silläkin oli aikansa. Ennen pitkää hän jäisi kiinni.

Mies kulki ensimmäiselle majalleen lapsen kanssa. Oli päättänyt antaa lapsen takaisin, ensimmäiseen taloon, mihin uskalsi. Niinpä hän pojan kanssa riensi majalle, jossa oli käynyt poliiseja, kymmeniä poliiseja.

Jälkientutkija yritti selvittää miehen reittejä jonkinlaisin tuloksin, mutta ei riittävin.

Mies siivosi tönön, josta lähtivät takaisin metsään. Ei ollut pitkä matka metsikköön. Tähtäsi mitä tähtäsi, se oli joku lintu, jota eivät tunteneet ja jonka kantoivat tönölle, sytyttivät nuotion kuten ennenkin. Vielä oli jäljellä ammuksia ja tikkuja. He söivät ja saivat vatsanpuruja, jotka menivät vedellä ohi. Sitten kulutettiin aikaa.

Ja joutui ilta, tuli hämärämpää. Mies ja poika menivät nukkumaan. Uskalsivat nukkua vähän, mies katsoi ja ajatteli tilannettaan. Se näytti aika hyvältä. He nukkuivat niin, ettei kukaan tullut, ja heräsivät vasta auringon noustua. Oli kesä, ainakin kevät. Kesäksi voi sanoa. Kaikkialla ruohonkorret nostivat päätään. Puissa oli silmuja. Kevään tuoksuja. Heidän oli löydettävä talo, johon poika voisi jäädä ja josta viranomaiset palauttaisivat pojan äidilleen.

Siihen olisi silti aikaa, ja niinpä mies ja poika jatkoivat matkaa, kunnes tulivat kylän laitamille. Laitamilla jonkin aikaa oltuaan mies katseli ympärilleen. Hän ihmetteli, mihin taloon jättäisi lapsen. Hän kysyi lapselta, joko tämä haluaisi äidin luokse. Poika ei uskonut koskaan näkevänsä äitiään. Kyllä hän siitä tiedosta ilahtui valtavasti ja kysyi: "Etkö sinä vie minua äidin luokse?" mihin mies vastasi: "Jätän sinut johonkin noista taloista. Ole sitten kiltisti, niin pääset äitisi luokse." "Jo-joo", sanoi poika alkaen itkeä. Mies kysyi: "Mitä itket?" "Sitä, kun pääsen äidin luokse." "Älä nyt itke", mies lohdutteli lasta.

Niin he aikansa vahtivat taloja, ja yhteen pihaan mies jätti pojan sanoen: "Mene tuosta ovesta sisälle ja sano, että haluat äidin luokse."

Poika jäi pihaan epäröiden mutta alkoi kuitenkin juosta. Pois päin miehestä, vilkutti vielä. Meni sitten sisälle taloon. Mies lähti kiireesti liikkeelle metsän tuntumaan, mahdollisimman kauas taloista. Poika oli ehtinyt kiintyä häneen. Mikä riemu siitä nousisi pojan äidille pojalle ja kaikille muille, jotka olivat kuulleet asiasta. Uutisiin pääsisi poika ja tuntematon mies, joka ei ollut näyttäytynyt.

4. luku

Mies oli yhä karkuteillä, mikä ei ollut kenestäkään hyvä juttu. Mutta onneksi palautti pojan ehjänä takaisin, se oli puoli voittoa. Olihan miehellä omatuntokin, kun palautti pojan. Suuren yleisön edessä mies oli psykopaatti, hirveitä tekoja takanaan. Säästi sentään lapsen. Mies oli vapaata riistaa, häntä sai ampua tai hänet sai jopa tappaa, jos tavoitti ja uskalsi. Eikä ihmekään, että hänet sai tappaa. Mies oli itse tappanut seitsemän, mutta hän ei ollut harkinnut surmia vaan tilanteen mukaan kokenut itsensä uhatuksi. Sitähän ei kukaan tiennyt.

Poika ja äiti olivat varmaan iloisia jälleennäkemisestä mutta surullisia isän kuolemasta. Kukaan ei jäänyt kylmäksi tämän tapauksen edessä, vaan kaikki kauhistuivat, lapsen sieppauksesta varsinkin.

Surmatuista viranhaltijoista kukaan ei saanut ammutuksi takaisin tai pystynyt antamaan takaisin samalla mitalla. Yksi ainoa osuma, sekin jalkaan, ei se ollut paljon mitään sellaiselle surmaajalle. Omaiset tunsivat sen nahoissaan. Monet miehen tappamat poliisit olivat perheenisiä. Kauheata jälkeä niitti yksinäinen mies. Hänet oli syytä saada tuomiolle. Jumalan tuomiolle, ihmisten tuomiolle, jos ei tulisi tapetuksi, mikä olisi ihan oikein monen mielestä. Oikeuslaitos oli voimaton, ei saanut oikeuteen miestä. Oikeuslaitos tutkisi ja tuomitsisi miehen. Mielentilatutkimukseen mies joutuisi, hän oli aivan järjetön. Ihmiset tuomitsivat, kautta maan ja maailman. Viedä nyt pieni poika, joka ei ollut tehnyt pahaa kärpäsellekään, aivan viaton poika.

Mies oli entistä jahdatumpi, ja se oli hänen omaa syytään, mutta hän ei sitä käsittänyt. Hän tiesi ainoastaan, että hänet haluttiin tappaa.

Viranomaiset kuulivat pojan paluusta. Talon asukkaat, jotka löysivät pojan pihamaalta itkemästä, osasivat yhdistää kadonneen pojan kaapattuun poikaan, jonka tappaja oli vienyt raa'asti vanhemmilta. Teko oli aivan käsittämätön. Talosta, johon poika oli viety, ilmoitettiin pojasta poliisille, ja poliisi ilmoitti lastensuojeluviranomaisille. He epäilivät tapauksen liittyvän kaapattuun poikaan, mikä piti paikkansa. Kovan paperisodan ja selvittelyn jälkeen poika palautettiin äidille ja isovanhemmille, jotka riemuitsivat kaappauksen onnellista päätöksestä.

Äiti ja poika halasivat pitkään. Myös mummo ja vaari halasivat poikaa, ja he kaikki itkivät ilosta. He valmistivat juhla-aterian yhdessä.

Poika tietenkin tutkittiin, ja hänet todettiin fyysisesti terveeksi. Mutta ammattiapua hän tarvitsi, psykiatria, kaappauksen takia ja isän kuoleman, jonka näki. Apu oli tarpeen myös siksi, että oli hän joutunut eroon kodista ja äidistä. Monen seikan takia häntä tutkittiin minkä kyettiin. Poika sai olla rauhassa äitinsä kanssa kotona, ja psykologi kävi kotona. Tämä alkoi keskustella pojan kanssa. Mies, jolta voi odottaa millaista kohtelua tahansa, ei ollut ollut paha pojalle.

Ulkoilma oli karaissut pojan. Hänellä oli ihana rusketus kaikkialla, ja hän hymyili äidilleen. Olihan kokemus, jota ei varmaan unohtaisi pitkään aikaan, tuskin milloinkaan. Pojan kohtalo on arveluttava, hän ei varmaan ikinä unohda kokemuksiaan. Hän kulki kaappaajan kanssa noin kuukauden, neljävuotiaana. Sen ikäinen muistaa jo jotakin. Jonkinasteinen trauma hänelle jäi isän ampumisen näkemisestä. Poika oli likainen ja laihtunut ja nälissään. Ei jokainen koekaan samanlaista.

Pojan tarina päätyi lööppeihin ja uutisiin. Asiassa on hyvätkin puolensa: poika selvisi hengissä kokemuksestaan, ja se oli pääasia. Rukouksiin oli vastattu. Kuinka moni oli rukoillut pojan puolesta, hyvin moni varmaankin.

Ihmiset iloitsivat kautta koko maailman, ja poika oli ensimmäisenä uutisissa.

Poika pääsi saunaan pesulle. Kaikki passasivat ja halasivat häntä. Ihmisiä olisi tullut kaukaakin katsomaan poikaa, mutta äiti ja viranomaiset kielsivät. Poika ei tarvinnut sen sortin huomiota, ihmisiä, jotka tulisivat vastaan tuhansine kysymyksineen. Radion toimitukseen tulvi ihmisiltä tiedusteluja pojan voinnista. Kaikki halusivat kuulla, että pojan asiat olisivat nyt hyvin. Poika oli päässyt kotiin, jossa ei enää ollut isää, mutta hänellä oli kuitenkin äiti. Hyvä niin kuitenkin, että äiti oli hengissä.

Elämä oli niin hetkistä kiinni, ja elämä on hektistä. Elämä on pienestä kiinni: ihminen ei paljon kestä, kun henki lähtee. Sinänsä ihme, että ihmisiä oli, eli ja hengitti maapallolla. Oli se vaan hienoa. Elämä maistuu monen mielestä kitkerältä, mutta monien mielestä oli ihanaa elää, oli hienoa hengittää ja olla ylipäänsä.

***

Miten mies pääsi joka ainoasta surmasta kuin koira veräjästä? Hulluilla on moukan tuuri. Ei sitä käsitä: joskus pikkurikoksista jää helposti kiinni ja isommista on vaikeampi saada tuomiolle, jostain kumman syystä. Niin kuin talousrikollisetkin, jotka mennä porskuttavat joutumatta ehkä koskaan kiinni.

Ihmeellistä hullun tuuria oli miehellä. Hulluhan mies oli, ja hänen paikkansa olisi mielisairaalassa. Vaan sinne hän ei joutunut, kun ei jäänyt kiinni. Tai miksei joutunut mullan alle, mihin oli monen virkamiehen saattanut? Virkamiehet olivat melko tavallisia miehiä kuollessaan. Heitä jäi moni suremaan. Sen kansa muistaa aina.

Muut maat tiedottivat tapahtumista, ja ihmiset olivat kauhuissaan, poikiensa ja miestensä puolesta huolissaan. Ennen kaikkea pikkupojan, joka oli kaapattu ja palautettu. Kansa huokaisi helpotuksesta, kun poika palautettiin. Kaikki olisivat helpottuneita, jos mies jäisi kiinni. Käsittämätöntä, kuinka mies voi jatkaa pakoaan loputtomasti!

Mitähän mietti yksinäinen mies? Minkälaiset tuumat hänellä oli? Hän oli yksinäinen, koska kukaan muu ei kelvannut hänelle puhekumppaniksi kuin erakko ja lapsi. Hän oli saanut kunnolla puhekykynsä takaisin, mutta hänellä ei ollut mitään käsitystä aikaisemmista tapahtumista. Joitain pätkiä, muistin välähdyksiä, kuitenkin oli. Hän ei kuitenkaan osannut yhdistää surmia itseensä. Hän oli ihan kujalla, niin sanoakseni, kansantajuisesti. Hän oli itse sulkenut itsensä tekojensa ulkopuolelle, vaikka hän välähdyksiä muistikin, joitain pätkiä tapahtumien kulusta. Mutta koko homma ei valjennut hänelle kauheudessaan. Surmien kertaus tai muisteleminen ei onnistut, vaan hän eli omassa sulkeutuneessa maailmassaan yksin ja ihmisten tuomitsemana tietenkin. Eikä ihmekään: karmeata, miten hän jätti ruumiita jälkeensä. Toiset saivat korjata ruumiit ja haudata. Jos hän olisi tajunnut, olisiko tehnyt tekonsa? Vai olisiko antautunut poliisille vapaaehtoisesti tekojaan katuen? Mutta hän ei tuntenut minkäänlaista katumusta. Mitään ei ollut tapahtunut hänen sulkeutuneessa maailmassaan, missä selviäminen on tärkeintä. Hänen piti selvitä luonnon ja häntä uhkaavien ihmisten aiheuttamasta vaarasta. Hänellä pelasi vain itsesuojeluvaisto.

Miehessä oli paljon vialla, hän oli kokonaan viallinen. Hän olisi tarvinnut hoitoa, mutta hän ei ollut hoidon ulottuvilla vaan luonnon armoilla.

5. luku

Kesä kului, linnut alkoivat laulukonsertin puissa aamulla aikaisin. Tuuli soitteli puissa viihdyttäen miestä majassa. Sen ulkopuolella paloi nuotio, jossa mies valmisti ruokaa, jota ilman kukaan ei voinut olla. Ruoka oli aika yksipuolista, pelkkää riistaa. Lintuja, kanalintuja, jäniksiä, mitä milloinkin. Suden jos silloin tällöin sai, se vasta olisi saalis. Ilman murhia luontoelämä olisi viihdyttänyt monia ihmisiä, mutta murhat tekivät siitä olosta strategian, murhenäytelmän, jonka loppua ei tiedetty. Ei mieskään tiennyt mitään kohtalostaan. Tulevaisuutta hän ei ajatellut, vaan eli päivän kerrallaan. Kunhan tarpeet tulisivat tyydytetyiksi, nälän ja unen tarpeet. Sosiaalista kanssakäymistä ei ollut. Kaupat olivat kaukana, eikä hän osannut ostaakaan mitään. Oliko hänellä rahaakaan, tuskin, mutta ei hän myöskään tuntenut tarvetta käydä kaupassa, vaikka tulitikkuja ja suolaa olisi pitänyt ostaa. Itse asiassa hän pelkäsi ihmisiä. Hän karttoi ihmisiä, siksi kai ampuikin heitä kuin riistaeläimiä.

Kudit alkoivat olla lopussa. Oli keksittävä, millä voisi hankkia ruokaa. Narusta ja koivun oksasta hän sai jousipyssyn, sitten veisti nuolia oksista linkkuveitsellä. Sillä tavalla oli saatava lähipäivien ruoka. Hän päästi teräväkärkisen nuolen lentoon riistaeläintä päin, vaikeaa oli vain tähtäyksen tarkkuus. Oli oltava valppaana. Samalta jousella ammuttu lintu maistuisi kynittynä kun pyssylläkin ammuttu. Itse asiassa nyt ei joutunut kaivamaan luoteja ulos eläimen kropasta, mutta nuolen oli osuttava maaliin. Oli oltava hiljaa ja tarkkana, ja oli ammuttava aika läheltä. Siinä sen vaikeus oli. Onnistuihan se lopulta, kun mies oli aikansa yrittänyt.

Tikut olivat melkein loppuneet. Jos vain olisi uskaltanut kauppaan! Tuli oli tehtävä itse, puukeppiä pyöritettävä kivien välissä. Ensin piti kerätä sammalta, risuja ja tuohta. Aikansa ähellettyään miehen onnistui saada aikaan kipinä, josta syttyi koivun tuohi. Ei tarvinnut ruuan hankkimiseen kauppaa, vaan luonnonvaraisesti eli itsekseen nyt, kun poika oli poissa. Pikkupoika oli lapsi ja viaton. Mies oli vähän samanlainen, paitsi lapset eivät tehneet murhia. Samanlaiseksi kuitenkin tunsi itsensä tuntematon mies, joka löysi itsensä metsästä.

***

Miehellä oli ollut verta käsissään ja vaatteissaan. Epäselväksi jää, oliko hän tappanut silloinkin ihmisen. Oli hänellä, yksinäisellä miehellä, kurja kohtalo. Mikähän häntä odotti? Kukaan ei kerro, ei edes kertoja itse. Ehkä lopussa selviää, kuten tavallista. Hän kuolisi kerran, niin kuin muutkin ihmiset.

Miehellä oli omallatunnollaan aika paljon. Hän oli nuori vielä, vähän yli kahdenkymmenen, ja nyt jo tulevaisuus piloilla... mitä muutakaan. Vähällä hän ei pääsisi, virantoimituksessa olleita miehiä tappanut. Tappo tapon perään. Ne katsottiin jo murhiksi, hän oli tappanut niin monta. Edessä oli joko oikeudenkäynti tai kuolema. Mutta nyt hän nautti kauniista kesäpäivistä, niin kuin muutkin ihmiset.

Miestä etsittiin yhä niistä paikoista, joissa hän oli käynyt. Nyt hän oli lähempänä kylää, johon oli jättänyt pojan. Murhaajan löytäminen oli myös lähempänä. Nyt sekä jälkien seuraaja että poliisit tutkivat maastoa lähietäisyydeltä. Pakkohan miehen oli kulkea jossakin lähellä. Poliisit lähettivät helikopterit ilmaan hakemaan miestä, paikantamaan tätä lämpökameralla. Jos ihminen liikkui metsässä, lämpökamera tiesi sen. Se näyttäisi punaista.

34

Toistaiseksi ei saatu miehestä tietoa. Estikö majan suoja sen, että mies näkyisi kameran kuvassa? Ehkä kamera ei ollut tarpeeksi tehokas. Kuka tietää? Oliko niitä hankittu silloin 50-luvulla...

Miehen oli pakko olla jossakin. Häntä jäljittävät poliisit tiesivät, että miehen oli pakko käydä riistaa pyytämässä. Siitähän näkee, onko mies liikkeessä, vai näkeekö?

Kolmantena päivänä helikopterista nähtiin liikettä. Mies havaitsi myös helikopterin ja meni äkkiä majaansa. Oliko se ihminen vai eläin? Helikopterissa ei tiedetty varmaksi. Poliiseja ja koiria lähetettiin majalle asti. Mies oli liikkunut tosi kauaksi asutuksesta. Toisaalta hyvä niin: missä mies liikkui, aina tuli ruumiita, mikäli hän kohtasi ihmisen. Siviilejä ei ollut ammuttuna kuin yksi, mutta sekin riitti vakuuttamaan miehen vaarallisuudesta.

Liekö mies nähnyt naista tai tutustunut naiseen? Oliko hellimpiä tunteita tuntenut koskaan? Lapsen edessä heltyi, entä toisen sukupuolen? Vaikea uskoa. Joka tapauksessa haistoiko mies koirat ja poliisit, ikävyydet kaukaa? Hän kun oli aina kaukana poliiseista, poliisien ja koirien ulottumattomissa.

Koirat juoksivat villisti minkä pääsivät. Ne olivat haistaneet jotakin. Mies oli metsällä kamppailemassa suden kanssa, jonka kohtaamista ei voinut välttää. Susi yritti käydä miehen kurkkuun, ja mies sai käden eteen. Susi hyppi päälle, lauma perässä. Miehellä oli kuitenkin jonkinlainen veitsi, jolla viilsi suden kurkun auki osittain. Nähdessään veren sudet villiintyivät ja alkoivat ulvoa, hyökkäilivät vähän ja lähtivät juosten karkuun miestä, joka oli onnistunut haavoittamaan yhtä. Kuolihan se susi siihen.

Mies oli onnellinen selvittyään taas kerran vaarasta. Hän jatkoi taivallustaan. Poliisit näkivät helikopteriin veren ja suden makaamassa. Metsä alkoi olla niin tiheää, ettei siitä nähty enää liikettäkään. Toivottavasti mies tulisi aukealle paikalle, niin poliisit saisivat miehen kiinni paremmin. Mies katosi syvemmälle metsään. Luonnonlapsi oli myös psykopaatti, mikä tuli todistetuksi, monta kertaa. Hän oli melkein syntynyt luontoon, ainakin kasvanut luonnossa suurimman osan lapsuuttaan ja nuoruuttaan. Hän oli osa sitä. Erämiestaidot hän oli oppinut poikakodin leireillä. Niillä pärjäsi hyvin.

Niin kuin me kaikki olemme osa luontoa, luontoon lopulta hajoamme. Niin kävi jokaisen, joka vaan kerran eli täällä maan päällä.

***

Mies ehti aina kauaksi koirista, niin etteivät ne pystyneet häntä jäljittämään, vaikka niillä olikin tarkka kuono ja vainu. Mies ei yksin paljon jättänyt jälkiä. Hän osasi hiipiä sekä väijyä ihmisiä ja eläimiä. Oliko hän muunlaista elämää viettänytkään kuin ollut karussa nuoresta pitäen? Ehkä lapsena, aivan pienenä, oli hänelläkin ollut vanhemmat. Joskus oli ollut, mutta vanhemmista ei ollut tietoakaan nykyään. Tuskin olivat elossakaan. Eivätkä he tietäisikään, kuka siellä metsässä vaaniskeleekin, että se olisi heidän poikansa.

Poliisikaan ei saanut selville, kuka mies voisi olla. Ei hän ollut kukaan, ei karannut mistään, vai oliko? Maailma odotti vastauksia saamatta niitä vieläkään. Ei edes nimeä tiedetty. Kuka surmien tekijä oli? Tai mistä hän oli lähtenyt? Hän oli juuri päässyt vankilasta, kun huomasi tulleensa petetyksi karmein seurauksin. Kai hänelläkin oli menneisyyttä? Nyt hän nautti auvoisesta elämästä, ja takaa-ajajat olivat kaukana, toivon mukaan.

Kunnes takaa-ajajat saivat vihiä, että ensimmäisellä majalla asustelee mies. Sinne vain oli pitkä matka, vaivalloinen, vaikeamaastoinen. Mutta mies oli pakko saada kiinni, koska hän oli vaarallinen, oli hän syyntakeinen tai ei. Miehiä ajoi kostonhalu ja pelko oman hengen puolesta.

Miehen liikkeistä ei tiennyt, mitä hän seuraavaksi teki. Mies oli ennalta arvattava, samalla arvaamaton. Hänellä oli uskomaton tuuri, vai onneksiko sitä voi sanoa? Toisaalta miehen aikeet tiesi: hän tappaa, jos ennen kerkiää. Tähän mennessä muut olivat kuolleet. Mies vain yksinään oli elossa. Ampuu, jos on kuteja jäljellä. Mistä hän muka sai niitä? Ei hän tietämän mukaan ollut käynyt sellaisessa kaupassakaan. Mutta mistä sitä tietää? Veitsikin oli tuollaisen miehen kädessä vaarallinen. Kun monta miestä oli jahtaamassa yhtä ainoaa miestä, niin luulisi, että pärjäisivät yhdelle miehelle monine aseineen. Mutta miehellä oli ilmiömäinen kyky selvitä takaa-ajajistaan, vaikka heillä oli tosiaan koulutusta ampuma-aseen käyttöön ja metsässä liikkumiseen.

Tilanne alkoi vaikuttaa omituiselta yleisön mielestä. Ihmiset eivät voineet ymmärtää, miksei miestä saatu kiinni. Oli se vaan mystinen mies! Mistä tulee? Oliko minne menossa?

Viranomaiset kysyivät Venäjältä, oliko sellaista miestä nähty. Siellä asti olivat etsinnät. Samoin Norjasta ja Ruotsista kysyttiin. Ei mies varmaan osannut kieliäkään, osasiko puhua ensinkään? Kukaan ei tullut puhumaan hänestä. Pikkupojalta kysyttiin, puhuiko mies. Oli kuulemma puhunut, hyvin vähän kuitenkin. Siis ymmärsi puhetta.

Poika, joka oli ollut miehen matkassa, alkoi änkyttämään, liekö saanut trauman? Ehkä änkytys aikanaan menisi ohitse. Tapahtumat unohtuisivat osittain, kun poika pystyi käsittelemään asiaa. Isänsä tappamista hän unohtaisi tuskin koskaan, koska oli silminnäkijä.

Oliko miehellä kaunoja rajavartijoita ja poliiseja kohtaan? Vai oliko pelkkää sattumaa, että rajavartijat ja poliisit joutuivat kohteeksi? Kiinni jääminen oli ajan kysymys. Mies ei itsekään tiennyt, mikä häntä odotti. Niinpä tulevaisuus oli eilisen kaltainen. Hänen kiinni jäämisensä oli todella lähellä. Miehet, jotka olivat erikoiskoulutettuja, olivat todella lähellä, ja he osasivat asiansa. Mutta rikollinen oli tosi taitava piiloutumaan, väijymään tottunut, osasi hävittää jälkensä.

***

Kun miehellä alussa oli verta käsissään, hän ei tiennyt, mistä veri oli hänen käsiinsä ja vaatteisiinsa tullut. Oliko hän satuttanut itsensä vai jotain muuta, oliko veri eläimestä? Hän oli puukottanut naisen, karannut mielisairaalasta. Oli puukottanut hoitajan, joka ei avannut ovea. Siksi hänellä oli verta käsissään. Jos oli näin, siinä tapauksessa hänestä tiedettiin. Tiedettiin, kuka oli potilas sekä surmien tekijäksi epäilty.

Totuus oli kuitenkin yksinkertaisempi. Hän oli riidellyt tyttöystävänsä kanssa, joka kiisti syytökset pettämisestä. Mutta turhaan mies oli suuttunut riidan päätteeksi. Hän haki keittiöstä veitsen, puukotti naista. Nainen vuosi verta, mies ei jäänyt auttamaan vaan riensi läheiseen metsään, jossa sitten ihmetteli: miksi hän oli veressä? Miksi oli metsässä? Mies pelästyi tekoaan ja riensi syvemmälle metsään. Muistinsa menettäneenä.

Siksi miehellä oli verta käsissään, mutta mitä varten hän oli metsässä? Sitä varten, että hän oli pelästynyt ja pakeni mahdollisimman kauaksi naisesta. Hän olisi päässyt helpolla, jos olisi itse tehnyt ilmoituksen taposta tai haavoittamisesta. Mutta ei, häneltä oli mennyt muisti, ja pakeneminen alkoi. Muistin menettäminen oli tapahtuman torjumista. Teko oli niin kauhea, että tapahtuma jätti jälkensä haavoittuneeseen mieleen.

Tietysti tyttöystävä löydettiin ja todettiin, että hänet oli tapettu, mutta mies oli jo kaukana ja tehnyt monta tappoa sen jälkeen. Tietysti poliisit kävivät vanhan pariskunnan luona, ja he itkien kertoivat rajavartijoiden taposta sekä hautaamisesta puutarhaansa. Vanha pariskunta kertoi, että luulivat miestä omaksi pojakseen, jota vietäisiin sotaan. Vanha pariskunta joutui vanhainkotiin, missä olisivat turvassa kaikelta pahalta.

Oliko niin, että jokaisella oli joskus halu tappaa? Monella se kävi mielessä, kuitenkin harva teki murhia. Ajatuksista oli kuitenkin pitkä matka tekoihin. Mies oli kehittynyt ampujana uusittuaan tekonsa monta kertaa. Poliisi piti erittäin vaarallisena miestä, joka oli saatava kiinni mahdollisimman pian. Mies piti saada kiinni elävänä tai kuolleena, mieluummin elävänä, että saataisiin tietää motiivi tekoihin. Mitään muuta syytä ei tosin ollut kuin puolustautuminen, koska miehellä toimi vain itsesuojeluvaisto. Omaatuntoa hänellä ei tuntunut olevan, vaikka kaikillahan se oli. Niinpä hän nukkui näkemättä pahoja unia tapahtuneesta, kaikessa rauhassa tönössään, kun koirat ja jäljittäjä saivat vihin hänen olinpaikastaan.

Takaa-ajo alkoi, mutta kun lähestyttiin tönöä, koirat haukkuivat niin kovaa eivätkä suostuneet vaikenemaan, että karkulainen otti jalat alleen. Koirat olivat perässä ja poliisit. Mies juoksi minkä jaloistaan pääsi, ensin joelle, mistä jatkoi Venäjän rajan tuntumaan. Siellä hän odotti yön yli mennäkseen rajan toiselle puolelle. Mies meni yli rajan monella tavalla. Hänellä ei ollut rajaa millekään, kuten aseelleen, jos joku yritti jotain.

Suomen puolella vähän ihmeteltiin, kun koirat haukkuivat sinne rajan tuntumaan. Niinpä he tapasivat rajavartijan virantoimituksessa. Venäjäksi kysyivät tältä, onko näkynyt mitään miestä, montako miestä oli ylittänyt rajan laittomasti niin, että olisi jäänyt kiinni. Ei ollut näkynyt mitään.

Mies odotti yön yli Suomen puolella, kun suomalaiset poliisit menivät rajan yli hakemaan rikollista mutta turhaan. Miestä ei ollut siellä nähty missään. Ei ollut tuntomerkkiäkään. Eivät älynneet, että mies oli vain Suomen puolella.

***

Niin joutui yö, ja mies oli nälissään. Hän yritti piikkilanka-aidan läpi, muttei siitä tullut mitään. Eihän siitä päässyt, aita sulki tien. Rajavartijat olisivat huomanneet, jos hän olisi hakenut maalaistalon tallista hohtimet, joilla voisi katkoa aidan. Se oli uhkarohkeaa hänenkin mielestään.

Valonheittimet valaisivat aitaa. Miehen oli kiireesti mentävä kauemmaksi aidasta. Rajavartija kiersi määräajoin aitaa.

Miehen maine oli kyllä levinnyt kauaksi Venäjälle ja Ruotsiin sekä Norjan puolelle. Häntä pelättiin. Yleisön mielipide oli kääntynyt mystisen tappajan puolelle osittain. Koska hän jäisi kiinni? Oli vain ajan kysymys, milloin ja miten. Toisaalta odotettiin, että hän jäisi kiinni, toisaalta haluttiin miehen jatkavan pakoa. Mielipiteet jakautuivat kahtaalle ja vielä useampaan suuntaan.

6. luku

Kerta kaikkiaan outoa historiaa mies teki itselleen, myös koko maailmalle. Hänellä oli ollut kurja lapsuus, isä oli raaka. Hakkasi äitiä ja lapsia, mutta hän oli kokenut osan lapsuuttaan kodittomana. Oli tottunut varastamaan ruokansa. Hän karkasi kotoa, oli yötä missä sai. Ihmiset hyvää hyvyyttään antoivat joskus yösijan ja ruokaa, ettei lapsi parka joutuisi taivasalla nukkumaan ja olemaan ilman ruokaa. Kyselivät vähän, miksi poika oli yksin ilman kotia, mutta tämä vastasi epämääräisesti.

Arvaan tämän kaiken miehen kertomatta. Vaikka sanotaan, että Suomessa ei ole suomalaisia kerjäläisiä, niin kyllä vaan on.

Poika oli poikakodissa, siellä oli kovat oltavat. Oli kova kuri ja vahtiminen. Samoin oli mielisairaalassa, missä hän oli vanhempana. Hän oli kaikki kokenut, tottunut olemaan taivasalla ja tulemaan toimeen itsekseen. Hän tottui varastelemaan, ja hyvät ihmiset antoivat hänelle ruokaa ja yösijan. Jouduttuaan kiinni hän kertoi vanhemmistaan, jotka olivat köyhiä. Hän kertoi, että joutui viemään vanhemmilleenkin ruokaa.

Kun häneltä kysyttiin, missä hän asui, hän ei tiennyt kertoa, koska ei asunut enää vanhempiensa luona. Olisiko osaltaan totta, että vanhemmat olivat köyhiä? Mutta ei muuta kuin kurjia vanhemmiksi. Silläpä poika lähti omille teilleen.

Hän matkusteli junissa, tavaravaunuissa, haki ruokansa mistä sai. Monta kertaa konduktöörit löysivät hänet kerjäämästä junan ulkopuolella. He tarkastivat vaunut siltä varalta, että poika olisi siellä. Poliisi oli ottanut hänet kiinni varastelusta sekä irtolaisuudesta. Sosiaaliviranomaiset olivat monta kertaa sijoittaneet hänet kasvatuskotiin. Mutta vaikka häntä vahdittiin, hänen onnistui paeta usean kerran, kunnes oli 21-vuotias ja sai lähteä.

Hänelle tarjottiin koti, muttei hän viihtynyt siellä. Hän lähti metsään, tuli toimeen siellä, oli oppinut kasvatuskodissa monta hyvää juttua: oppi, miten jousipyssy tehdään, oppi tulen ja majan teon, oppi väijymisen, miten väijytään eläimiä. Siispä poikakodissa oppi jotakin, vaikka oli kova kuri kaiken kaikkiaan. Sieltä ei niin vain lähdettykään karkuun. Moni oli kauhuissaan selkäsaunojen takia ja karkasi jonnekin, usein jäi kiinnikin.

Olihan siellä ankeaa, lukon takana useimmin. Jos karkasi, sai selkäänsä ja joutui lukon taakse. Jostain syystä uimareissulla poika karkasi ohjaajien ulottumattomiin. Pillin vihellys vain kuului metsään, missä oli paljon leppiä. Toiset pojat käskettiin perään, kun karkaaminen oli huomattu. Vedestäkin poikaa etsittiin, kunnes yksi toisista pojista kertoi hänen menneen tarpeilleen ja kadonneen sille tielleen. Huhuilu ei auttanut, ei myöskään ohjaajan marssittaminen metsään. Valvovia silmäpareja oli monta, ja useimmin paot huomattiin riittävän ajoissa. Silloin kovennettiin kuria ja pojat jäivät ilman illallista.

Niin karannut poika lähti kiertelemään Suomea. Hän oli niin liikkuvaista lajia, ettei missään viipynyt kauaa. Kiinnijäämisen pelossa hän matkusti pummilla ja yöpyi ladoissa ja talleissa, varasteli ihmisten kanoja, kyni ne ja kypsensi nuotiolla. Hän osasi jo silloin kyniä kanoja ja kypsentää ne tulella. Ruoka oli yksipuolista, mutta siihen sai tyytyä. Toisinaan poika varasteli ruokaa torilta.

Niin hän varttui kaiken keskellä mieheksi, sai tyttöystävänkin, jonka kanssa asui talopahasessa metsän lähellä. He kulkivat yksissä, kunnes mies oli pitempään retkillään. Mies löysi toisen miehen jäljet huoneesta: petissä oli nukkunut kaksi. Hienon hienosti erotti toisen miehen jäljet. Hän löysi kahden ihmisen tiskaamattomat astiat ja kysyi:

"Kuka on käynyt?" Kun hän ei saanut vastausta, hän suuttui silmittömästi.

Mies haki keittiöstä suurimman veitsen ja iski naista useaan kertaan ylävartaloon, käteen ja rintaan. Niin nainen lyyhistyi tuolista maahan ja vuosi verta aika tavalla. Hän joko kuivi kokoon tai haavoittui pahoin.

Mies oli lähtenyt kauaksi naisen luota, oli vihoissaan edennyt metsään. Tietenkin nainen löydettäisiin, mutta tekijää ei, hän ei ollut mailla eikä halmeilla. Totta kai aloitettiin etsinnät poliisien kanssa mutta tuloksetta, mieshän saattoi olla missä tahansa. Etsinnät lopetettiin tuloksettomina ja siirrettiin tuonnemmaksi. Poliisin kirjoihin tuli kuitenkin merkintä selvittämättömistä rikoksista. Tietenkin epäiltiin, että naisella oli ollut mies, joka oli tappanut naisen.

Nainen oli rytkähtänyt maahan tuolistaan. Lääkäri kävi toteamassa naisen kuolleeksi. Ruumista tultaisiin hakemaan. Tutkinnat alkoivat, rikospaikka tutkittiin tarkoin. Mahdollisia sormenjälkiä haettiin ja löydettiin. Tekopaikka oli varmaan keittiön pöydän ääressä. Siinä oli tehty puukotus, eikä nainen jäänyt kertomaan, kuka teon teki, että mies tappoi hänet mustasukkaisuuttaan katkerana, varmana petetyksi tulemisestaan. Se olikin totta. Naisen nuoruudenrakastettu törmäsi kaupassa naiseen ja tuli sieltä naisen luokse, kun mies ei ollut kotona. He rupattelivat, joivat kahvia, vaihtoivat kuulumisia. Sitten joivat viiniä ja suutelivat.

Siitä sitten vuoteeseen. Ei voinut kieltää, etteivät he olleet olleet intiimissä kanssakäymisessä keskenään. Niin vain kävi.

Seuraavana aamuna nainen ei kerennyt kuin hyvästelemään miehen, kun nykyinen kaveri tuli. Tämä löysi jäljet verekseltään: sänky sekaisin, astioita kahdelle, viinilaseja kaksi. Mies laski vain yhteen yksi plus yksi on kaksi. Seuraukset olivat valtaisat. Mies haki puukon ja puukotti naista useaan otteeseen ja kirosi. Sitten hän harhaili läheiseen metsään.

Miehestä ei jäänyt jälkiä, kun lumi suli ennen kuin kukaan kerkesi sinne asti, missä hän oli. Metsä ei tarinoinut. Vaikka sinne huudettiin, kaiku joskus vastasi huutoon, mutta siitäkään ei olisi apua poliisille. Kestäisi ennen kuin tapaus tulisi poliisin tietoon ja etsinnät alkaisivat, luultavasti lähimaastosta ja metsästä. Joskus löytyi jälkiä, mutta ne olivat ehtineet vanhentua. Löytyi katkenneita oksia, hyvin heikosti löytyi mitään. Mies kulki omaa reittiään, joka oli tuntematon. Hän kulki hämärän peitossa poliiseilta. Joskus oli selvempiäkin jälkiä, kuten hiukan nuotion rippeitä, joita mies oli yrittänyt parhaansa mukaan hävittää, koska pelkäsi kiinni joutumista. Hän karttoi poliiseja ja koiria, se oli päivänselvää. Toivoa vain sopi, että mies tulisi katumapäälle ja antautuisi, tulisi poliisin luokse vapaaehtoisesti. Mutta ei vielä tähän mennessä.

7. luku

Kesä meni menojaan, mies kulki reittejään jäämättä kiinni. Kesä oli kohta ohi, oli jo syyskuun alku. Miehelle tulisi varmaan kylmä talven tullessa. Ehkä hän silloin kylmän pakottamana antautuisi tai antaisi vihiä olinpaikastaan tai itsestään. Pitkiin aikoihin ei ollut tapahtunut mitään merkittävää.

Ei ollut tullut lisää kuolonuhreja eikä taloissa käyntejä. Poliisien kohtaamisiakaan ei ollut. Murhatut tai tapetut miehet oli jo aika päiviä sitten haudattu. Kuuman kesän johdosta haudalla oli paljon ihmisiä: ulkopuolisia, lehdistöä ja surevat omaiset. Monet sivustakatsojat olivat surullisia. Tappajaa toivottiin haudalle, mutta hän ei uskaltanut. Joskus hän seurasi tapahtunutta syrjästä, kun oli sattumalta eksynyt metsään, joka oli hautuumaan kupeessa. Kukaan ei huomannut yksinäistä miestä, joka seurasi syrjästä hautajaisia. Hän ei osannut olla pahoillaankaan, ei tuntenut syyllisyyttäkään, kun ei tiennyt, ketkä haudataan.

Rajavartijat ja poliisit, jotka hän oli tappanut, olivat tulleet viimeiselle matkalleen, hautausmaalle. Mies ei osannut surra tai katua tekojaan. Hän oli syyntakeeton, jolla ei ollut tapahtuneesta mitään mielikuvaa tai muistoa. Hän oli tunnoton toisia ihmisiä kohtaan, paitsi lasta tai vanhusta, joita kohtaan tunsi sääliä.

***

Niin saapuivat syksyn tuulet, viimat ja sateet. Joinakin päivinä oli vielä lämmin. Mies ei tiennyt päivistä. Hänellä ei ollut almanakkaa, eikä hän olisi sitä osannut käyttääkään. Vaan päivät sujuivat yksi kerrallaan, toinen toisensa perään. Samoin yö seurasi päivää ilman muuta. Yöt alkoivat olla koleita, ja niinpä mies hakeutui talojen lähelle latoihin, jos sellainen sattui löytymään. Ladoissa oli usein heiniä, joihin voi kaivautua, vaikka tulta ei voinutkaan talojen läheisyydessä sytyttää. Ruoka oli tehtävä kaukana asumuksesta. Tulen teko ja pyydyksen valmistaminen niin, että sai nälän pois, oli tarpeen, samoin unen tarve miehellä oli. Tuskin muita tarpeita olikaan.

Mies kulki aika pienellä alueella syksyn tullen, kun kesällä oli kulkenut laajemmin. Hän peitteli jälkensä hyvin ja viipyi yhdellä alueella usean viikon. Kukaan ei tullut huomanneeksi, että ladossa oli yövytty, koska hän piti pitkään samaa paikkaa kotinaan.

Miehen hakeminen hiipui, etsinnätkään eivät tuottaneet tulosta. Kukaan ei tehnyt havaintoja miehestä, koska hän kulki niin syrjässä ja pienellä alueella. Mies oli tyytyväinen vapauteensa. Hän oli tottunut menemään poliisia karkuun pienestä pitäen ja tulemaan toimeen keplottelemalla. Sellainen oli hänen osansa, eikä hän osannut ihmetellä sitä. Hän ei tiennyt päivistä tai kuukausista muusta kuin ilmoista, joiden mukaan katsoi, missä asui.

Mies oli myös sairaana toisinaan, mutta selvisi sairauksistaan ajan kanssa vaan. Talvi olisi tulossa, pakkaset, halla ja routa. Oli pakko löytää jostain lämmin paikka. Etteikö heinäladossa ollut lämmin? Hän harkitsi asiaa mielessään. Joskus hän asui hylätyssä junavaunussa kaupungissa, jossa oli tai oli joskus ollut rautatie. Siellä hän asusteli, mutta ruokaa oli vaikeampi saada. Saapuivat syksyn sateet, yöhallat ja routa aamuisin. Onneksi oli jonkinlainen suoja ladossa tai junavaunussa. Junavaunut olivat tyhjillään, tavaravaunut tarkastettiin aina määräajoin. Onnekseen mies oli silloin ruuanhakumatkalla tai luikahti pois konduktöörien tarkastaessa vaunuja. Ehkä tarkastajat aavistivat, että joku oli yöpynyt siellä, mutta eivät sen kummemmin piitanneet, enempää kuin pummilla matkustavistakaan.

Talojen pihanaruilta mies kehitteli peittoa itselleen, toreilta sai ruokaa näpistelemällä. Karkulaista ei osattu yhdistää murhiin, häntä pidettiin harmittomana maankiertäjänä. Ei osattu epäillä mitään, vaan ihmiset antoivat hänelle ruokaa. Kun hän pyysi, hyvää hyvyyttään antoivat.

Rikoksia pidettiin selvittämättöminä. Mutta poliiseilla oli silmät auki, tutkivat, jospa juttu selviäisi vielä, itsestään tai sattumalta tai että rikosvyyhti selviäisi jostain syystä.

Omaiset olivat edelleen katkeria tekijälle tai tekijöille. Keitä sitten olivatkaan? Joku psykopaatti, ampunut usean poliisin sekä rajavartijoita. Niissä oli rikoksia kerrassaan. Monet omaiset olivat luvanneet löytöpalkkion sille, joka löytäisi tai selvittäisi surmien tekijät. Eivät tienneet, että mies yksin oli tehnyt surmatyöt. Oli kuitenkin epäily, että sama tekijä oli asialla, yksi osallisena useaan surmaan. Tekoja oli vaikeata unohtaa tai antaa anteeksi. Jäisivätkö ne selvittämättä? Mitä kauemmin aikaa kului, sitä vaikeampi surmia oli saada selvitettyä, tekijää tai tekijöitä kiinni. Mies, jolla oli ilmiömäinen tapa kadota rikospaikalta jättämättä kuitenkaan selkeitä jälkiä, edes kulustaan ei selkeitä jälkiä jäänyt.

Salaperäinen tappaja, joka ei etsinnöistä huolimatta jäänyt kiinni. Missä hän oli? Hänen oli pakko olla jossakin. Hän oli kadonnut kuin maan nielemänä.

***

Syksy eteni pitkälle. Talvi oli tulossa, ehkä sitten oli helpompi taas jäljittää miestä, vaikka ei niitä jälkiä voinut varmaksi tunnistaa. Mutta metsässä oli ehkä helpompi seurata niitä lumen tultua. Syksyn myrskyt saapuivat, lehdet putoilivat puista. Ensin lehdet saivat väriä, värikylläisenä maa kukoisti. Kohta kukoistaapi valkovaipassaan.

Luulisi olevan helpompaa saartaa mies piilopaikastaan, kun tulisi jalanjälkiä lumeen. Vai tulisiko? Ei kai mies ollut mennyt rajan yli? Suomella oli sopimus Venäjän ja muiden maiden kanssa, että luovuttavat rajaloikkarit. Mies puhui suomea pikkupojan puheista päätellen. Poika oli ymmärtänyt miehen puhetta. Oli melkein kamalampaa, että hän oli oman maan kansalainen, siis suomea puhuva rikollinen. Ei tiedetty edes, mitä hänellä oli päällään. Mitä pojan puheista voi päätellä: punainen takki, tummat housut ja paita, jotka hän huuhtoi joessa, kun tulivat likaiseksi. Nyt oli vaikeampi pestä, kun tuli kylmät ilmat. Aurinkokin huonosti näyttäytyi, niin ettei saanut kuivattuakaan vaatteitaan, jos pesi ne joessa.

Jalanjäljet katosivat ja haju koiriltakin. Takki oli uhrin veressä sekin, silti mies jatkoi pakoaan.

Mies majaili majassa, jonka oli kohdannut matkallaan metsässä. Tässä majassa hän oli ollut ennenkin. Siellä olivat juuri käyneet poliisit ja koirat, mutta jäljet päätyivät metsään, eikä saatu selville, minne. Jäljet kyllä saatiin, mutta ne johtivat jonnekin metsään. Oli kai riennettävä perään.

Majassa mies viipyi vain yön ja hävitti jäljet, jotka olivat tulleet metsästyksestä. Joskus koirilla kävi vainu, silloin koirat ja poliisit lähtivät kovalla kiireellä perään, tuloksetta. Joskus näytti lupaavalta jälkien seurailu, mutta useammin vetivät vesiperän. Mies oli taitava piiloutumaan ihan tavalliseen metsään, tosin soiseen ja rämeiseen. Puustakin häntä etsittiin, kun koirat saivat vainun ja alkoivat haukkua ja hyppiä puuta päin. Mies oli ollut puussa, jättänyt katkennen oksan jälkeensä, mistä poliisit päättelivät, ettei mies ollut kovin kaukana.

Poliisit päästivät irti koirat, jotka ampaisivat juoksuun. Mies juoksi minkä kerkesi, tajuten takaa-ajajansa. He olivat lähellä, nyt oli löydettävä oja tai suo, joka tulikin kuin taiottuna. Koirat yrittivät siitä yli mutta eivät päässeet, ja poliisit pelastivat ne. Mies oli käyttänyt katkennutta puuta tukenaan suon ylittämiseen. Selvittyään suosta pois poliiseilla ja koirilla oli pitkä matka kiertää se, ja siihen kului aikaa. Niin kuin miehelläkin yksinään, katkenneen puun kanssa. Ylitettyään suon, joka upotti, hän kohtasi susilauman. Sudet alkoivat ulvoa täysillä sekä hyökkäillä kohti, mutteivät ylittäneet suota. Olisivat ne ehkä selvinneet, mutta upottihan suo. Niin nekin jäivät odottamaan koko lauma, että mies tulisi suolta. Puun pätkä ei kauaa kannattelisi miestä.

Mies odotteli jonkin aikaa, kuten sudetkin. Aika alkoi käydä vähiin, ja niin hän sitten heivasi repun selästään ja yritti toisella kädellä pitää puusta kiinni ja toisella kädellä avata reppua. Siellä oli ase, ehkä hänellä oli ammuskin valmiina, ja niin olikin.

Osa susista yritti pahaa aavistamatta mennä suota pitkin, mutta ne upposivat eivätkä päässeet mieheen käsiksi. Olisivat tietenkin raadelleet ja syöneet, kun olivat päiväkausia olleet syömättä. Yksin ei susi olisi uskaltanut, mutta laumassa kylläkin.

Mies sai aseen kaivettua suullaan ja toisella kädellä yritti laukaista märkää pyssyä, joka laukesi, mutta luoti ei osunut susiin. Sudet kuitenkin pelästyivät, juoksivat kauemmaksi miehestä. Nyt olivat konstit vähissä, jos sudet uskaltautuisivat suolle, missä mies oli märkänä ja kauhuissaan. Hän yritti löytää aseeseen panoksia, mutta ei löytänyt.

Poliisit olivat kuulleet vaimean laukauksen, heikon, mutta kuitenkin laukauksen. He riensivät suota kohti tietäen, ettei siitä päässyt läpi. Kuljettuaan jonkin matkaa he huomasivat sudet ja miehen suossa. He ampuivat kohti susia, jotka lähtivät juosten pois paikalta. Nyt mies oli varma kiinni jäämisestään eikä tiennyt, miksi pelkäsi miehiä, poliiseja, enemmän kun susia.

Vaara susien kanssa oli ohi. Mies pähkäili, mitä tekisi välttääkseen kiinni jäämisensä, joka oli melko varmaa.

Miehet kehottivat yksinäistä miestä tulemaan suosta pois, mitä käskyä mies ei totellut vaan yritti suosta toisella puolella pois ja onnistui. Nyt, kun sudet olivat jossakin, miehet olisivat voineet ampua yksinäisen miehen siihen paikkaan, mutta eivät ampuneet, koska eivät olleet varmoja tämän syyllisyydestä.

Oli melko varmaa, mitä mies teki metsässä, jos ei ollut jotain pahaa tehnyt. Ehkä hän juuri samainen mies, joka oli surmien takana. Niinpä poliisit huusivat: "Pysähdy!" mutta mies ei pysähtynyt. Poliisit ampuivat kohti miestä, joka oli juuri kantomatkan ulottumattomissa. Poliisit olivat harmissaan menetetystä mahdollisuudesta ampua mies tai saada ylipäätänsäkään mies kiinni.

Tilaisuus oli mennyt, ja mies jatkoi suosta selvittyään matkaansa. Hän aprikoi, tulisivatko sudet uudelleen. Miten hän selviytyisi niistä? Vähän aikaa kuljettuaan hän näki lauman, joka oli haistanut miehen. He vainusivat miehen ja piirittivät häntä. Mies löysi puun, johon kiivetä ja jonne sudet eivät ylettäisi. Sudet koettivat kiivetä, mutta mies oli ketterämpi. Hän pääsi karkuun susia toistaiseksi. Jos ne kuitenkin jatkaisivat piirittämistä, hänelle tulisi kolkko yö. Hän toivoi, ettei joutuisi nukkumaan puussa. Toisaalta hän oli tottunut valvomaankin. Eiköhän se käynyt, että hän pysyisi hereillä. Sudet kuitenkin piirittivät puuta sekä hyppivät puuta vasten, puun alaoksille ne ylsivät hyppäämällä. Mutta mies oli kiivennyt vanhaan vaahteraan niin korkealle kun pystyi, melkein puun latvaan.

Meni aikaa, kun poliisit kiersivät suon. He ampuivat susia kohti, ja jo kaukaa poliisit huomasivat susien lähteneen taas kerran pakoon. Mies käytti tilannetta hyväkseen ja tuli puusta alas. Hän aloitti juoksun ja mutkitteli juostessaan, jos poliisit tällä kerralla ampuisivat, kun katuisivat sitä, että menettivät aiemmin tilaisuuden saada mies kiinni elävänä tai kuolleena.

Mies haluttiin kiinni mieluummin elävänä.

Selvittyään vaarasta mies kohtasi karhun, joka pelästyi elämöintiä, jota mies piti. Karhu lähti juosten karkuun rajan yli, niin kuin sudetkin, koska mies oli rajan tuntumassa. Mies huokaisi helpotuksesta, vaara oli tällä kertaa ohi. Mutta mitä hän tekisi, jos susia ja karhuja tulisi lisää?

Hänellä ei ollut ammuksia, pelkkä jousipyssyn tapainen. Hänen oli jat-
kettava matkaa, löydettävä jokin asumus, missä olisi turvassa, suht koht
suojassa petoeläimiltä. Sen hän tiesi, että oli pakosalla tekemistensä
takia, muttei muistanut tarkkaan, miksi. Poliisit eivät tienneet, että hän
oli menettänyt muistinsa. Sen mies muisti, miten väijytään ja lymyillään
tai miten väsyttää saalista sekä takaa-ajajia. Hän muisti metsästys- ja
erämiestaidot, hallitsi tulen teon ja eläimen nylkemisen sekä ruuan kyp-
sentämisen nuotiotulella. Nälkä opetti sen, ja kylmä pakotti hakemaan
suojaa.

8. luku

Säiden purema mies taivalsi yksinäistä tietään. Syksy oli pitkälle edennyt, oli koleaa ja viimaa. Öisin oli hallaa ja aamulla routaa. Hänen oli pakko hakea ruokansa metsästä sekä parempaa suojaa, talven tullen, vaikka oli tottunut olemaan talvellakin ulkosalla ja rakentamaan suojan, joka hillitsi pahimpia pakkasia ja viimoja.

Niin talvi vain tuli, purevana ja kylmänä, lunta alkoi sataa lokakuussa, kuun puolessa välissä, vaikkei hän tiennyt päivistä tai kuukausista mitään. Joko oli kylmä tai lämpimämpää, lämmintä kesäisin, kylmää talvisin.

Mies löysi talon, joka oli Keskisaaren kylällä, Koiviston talo. Sinne hän yritti päästä syömään, pääsikin. Rajalla tehtiin tarkastuksia, taloissa.

Niinpä mies oli syömässä, kun virkapukuiset tulivat sisään. Hän söi muina miehinä, kunnes poliisit kysyivät nimeä ja papereita. Mies ei osannut vastata kysymyksiin, eikä talonväkikään, niinpä hän jäi kiinni.

Poliisit odottivat, kunnes mies oli syönyt, minkä jälkeen he napsauttivat käsiraudat ja alkoivat viemään miestä poliisiputkaan. Mies oksensi, koska oli tottunut syömään riistaa, joka oli nuotiolla paistettu. Poliisit antoivat pyyhkeen, jolla mies voi pyyhkiä suun ja housut. Mies otti jalat alleen, mutta ei jaksanut eikä päässyt pitkälle, kun poliisit ottivat kiinni. Poliisit saivat emäsaaliin, tietämättä sitä vielä.

Niinpä lähimmällä poliisiasemalla kuulusteltiin aikansa, kunnes mies paljastui muistinsa menettäneeksi. Niinpä poliisit laittoivat hänet putkaan. Seuraavana päivänä jatkettiin kuulusteluja, mutta tuloksetta. Poliisit kysyivät, minkä niminen mies oli, mistä tuli, mihin oli menossa. Ehkä hän olisi rajaloikkari, ja niinpä poliisit yrittivät kuulustella venäjäksikin – tuloksetta. Oliko mies mykkä?

Sitten sormenjäljet paljastivat. Nainen oli surmattu puukolla, ja puukossa olivat miehen sormenjäljet. Samat jäljet, jotka he ottivat miehestä. Hän oli todennäköisesti syyllinen surmaan. Vielä häntä ei osattu yhdistää rajavartijoiden ja poliisien murhiin.

Hän oli usean päivän putkassa, koska oli jäänyt rikoksesta kiinni. Sitten lääkäri tutki miehen ja totesi, että mies puhui ja kuuli, mutta oli heikko järjenjuoksu, hän oli mielisairas. Mies oli vieraassa ympäristössä, niinpä hän oli peloissaan. Hän tahtoi ulos talosta, johon oli joutunut.

Mielisairaala keskellä Suomea vähän pohjoisemmassa. Mies joutui junalla matkustamaan sinne, ja kun mies oli saapunut mielisairaalaan, lääkäri tutki hänet useaan otteeseen. Muuta ei ollut kuin aikaa sairaalassa. Huomattiin, että mies ei paljoa puhunut tai myöntänyt surmanneensa naista, joka oli ollut hänen tyttöystävänsä. Hän kun ei muistanut mitään tapahtumista, oli kai torjunut tapahtuneen. Osaltaan sen vuoksi oli metsässä ollut.

Lopulta lääkäri huomasi, ettei mies todella muistanut. Hän oli käynyt aivofilmissä, jossa todettiin aivokäyrät sellaisiksi, ettei hän todella muistanut tekemiään tekoja eikä teeskennellyt. Poliisit tutkivat asiaa ja löysivät lisäksi hänen kenkänsä jäljet lumesta. Ensimmäisellä rikospaikalla oli kuvattu sama kengännumero, joka oli miehellä. Miehellä oli sama kengänjälki, joka täsmäsi rikospaikalla olleeseen jälkeen. Hänellä oli myös rajavartijan takki sekä reppu. Takin poliisit olivat takavarikoineet heti, kun papereita ei löytynyt. Mitäpä hän sellaisista ymmärsi.

Miehellä oli paljon selitettävää, mutta hän ei osannut selittää mitään. Niinpä häntä pidettiin todella vaarallisena. Vartiointia lisättiin, jos sitä oli ennestäänkin. Oven takana oli aina vartiointi. Mies sai rauhoittavia, syytteet tulisivat aikanaan olemaan kovat. Kahdeksasta murhasta lääkäri totesi miehen syyntakeettomaksi. Sen toteamiseen ei kauaa mennyt.

Mies saisi sairaalahoitoa pitkän aikaa, tilansa mukaan. Hän saisi lisää ja lisää lääkkeitä, niin että oli pyörryksissä ja aivan kuin humalassa. Hänen oli pakko olla sängyssä. Jos paranisi, joutuisi vankimielisairaalaan.

***

Hän oli sairaalassa vuoden, ja sitten alkoi muisti palata, pikkuhiljaa. Hän joutui sieltä Keski-Suomeen vankimielisairaalaan, missä oli tiukka vartiointi. Mies matkusti junalla, ja junassa oli neljä vartijaa. Lisäksi koirien annettiin haistella hänen takkiaan siltä varalta, että hän karkaisi ja jälkiä seuraavat koirat löytäisivät miehen.

Niinpä hän oli ruokailutilanteessa ilman käsirautoja. Käsiraudat pantiin, jos hän oli vaarallinen. Mies oli todella vaarallinen, siksi hänellä oli myös jalkaraudat kuin vangilla. Vankilahan paikka lienee, ja miehen onnistui haavoittaa vartijapoliisia, monta poliisia, pelkän veitsen turvin. Hän yritti myös pyssyä sormillaan, ei pärjännyt laumalle poliiseja.

Junan vaunu oli eristetty vain hänen ja parin muun vangin kuljettamiseksi Keski-Suomeen vankimielisairaalaan. Hoitajia oli pari, ja he antoivat miehelle rauhoittavan pistoksen. Monta tuntia tuli matkustettua, ja matkan päätteeksi mies päätyi pehmustettuun koppiin, jossa oli vain luukku, josta sai ruuan ja juoman. Vessa oli mikä oli.

Mies oli siellä usean päivän ja yön ajan, ja lääkitystä vain lisättiin. Lääkettä pistettäessä mies oli vaarallisen voimakas. Hän yritti pistää hanttiin hoitajille, joita tarvittiin aina pistokertaan useita, koska mies ei lääkkeistä huolimatta tahtonut pysyä aisoissa. Hän oli sekavasti käyttäytyvä, vaarallinen. Häntä tultaisiin syyttämään kahdeksan miehen ja yhden naisen murhasta.

Hän oli tottunut taittamaan niskat nurin eläimeltä, jonka pyydysti. Nyt hän oli pyydyksessä. Nyt olivat ihmiset kysymyksessä. Peloissaan he menivät miehen koppiin antamaan rauhoittavaa, jota annettiin määräajoin. Mies yritettiin vaientaa. He menivät usean hengen voimin koppiin eivätkä tahtoneet saada kuin lennossa piikin miehen reiteen tai käsivarteen.

Sitä paitsi mies oli saatava pakkopaitaan. Hän oksensi ruuan ulos, kun ei ollut tottunut syömään kuin itse valmistamaansa ruokaa eli riistaa. Niinpä hän laihtui oltuaan vankimielisairaalassa usean viikon. Lääkäri kävi, ja tehtiin tutkimukset, oliko muisti palannut. Ei ollut, hän ei vieläkään tiennyt tehneensä monta surmaa.

Miestä voisi kutsua luonnonlapseksi, joka kärsi suljetuissa tiloissa, sisätiloissa, oltuaan usean kuukauden ulkosalla. Hän kaipasi luontoa sekä näki unia tapahtuneista surmista. Takautuva muisti pätkittäin palasi. Hän osasi jo päätellä, että oli surmannut ihmisiä, mutta ei tiennyt miksi. Hän tunsikin syyllisyyttä tapahtuneista tosiasioista, oli jonkinasteisessa syyllisyyden tunnossa. Mutta kaikkea hän ei muistanut. Lääkäri huomasi saman. Hän oli iloinen, kun hoidosta oli apua.

Mies oli kaksi vuotta vankimielisairaalassa, mutta kestäisi pitkään, ennen kuin hän olisi oikeuskelpoinen. Siihen saattaisi mennä vuosia. Tuomioistuin kysyi silloin tällöin miehen mielentilasta. Kykenisikö hän oikeuteen tuomioistuimen käsittelyyn? Siihen lääkärit vastasivat: ei vielä.

Mutta muistissa oli tapahtunut parannusta. Lääkäri yritti tiedustella rikostapahtumien kulkua, mutta hyvin heikosti pystyi mies myöntämään tekonsa: ei uskottavasti, mutta kuitenkin todistusaineiston perusteella uskottiin, että hän oli surmien takana. Hän itsekin uskoi tehneensä kauheita, mutta häntä ei saanut pelotella surmilla. Kun muisti palaili, hänellä oli kauhea olo. Hänen mielensä toinen puoli torjui katkonaiset tapahtumat surmapaikalla. Erikoislääkäri arveli jotain sellaista. Toinen puoli ihmisestä teki teot, toinen torjui muistot.

Mihinkä suuntaan menisi muisti, se ei ollut selvää miehelle itselleenkään. Hän joutuisi aikanaan syytteeseen. Oikeuden edessä hän muisti jotain, muisti olleensa paikalla ja muisti pyssyn kädessään. Hän ei muistanut ampuneensa ketään. Koko vyyhden selvittämiseen menisi aikaa. Poliisilla oli kuitenkin varma epäilys tekijästä, joka oli muistinsa menettänyt sairas mies. Tunnustus puuttui, ja poliisit antoivat miehelle nimen Roope. Pelkkä Roope. Kyllä muisti vielä palasi, ja mies tunnistaisi tekonsa.

Niinpä hän vietti yönsä ja päivänsä sellintapaisessa huoneessa, jossa kävivät vain hoitajat ja lääkäri aika tiheään, koska hän oli levoton. Oikeuteen oli turha mennä vielä. Mies odotti oikeuden käsittelyä suljetussa huoneessa. Hän oli aika aggressiivinen, kävi hoitajien päälle, mikäli vapautui hetkeksi. Tämän johdosta häneen laitettiin monta kertaa päivässä rauhoittavia.

Hänen oksentelunsa loppui, samoin pahoinvointi. Hän kykeni syömään kunnon keittiön ruokia, muttei mitään ihmeellistä ollut tarjolla. Oli useimmin keittoja, ja hän kaipasi lihaa: riistan lihaa, itse pyydystettyä. Mutta ei olisi pystynyt sitä syömään totuttuaan vankimielisairaalan ruokiin.

Nainen, joka kuoli hänen kätensä kautta, oli hänen tyttöystävänsä. Tämä oli haudattu, epäilyt ja sormenjäljet viittasivat yksinäiseen mieheen, joka olikin teon takana ja joka oli pyörinyt naisen kanssa vähän siellä sun täällä. Hänen kuvansa oli lehdissä.

Muutamat tunnistivat naisen seuralaiseksi kuvista. Nainen kuoli omassa kodissaan, poikaystävänsä käden kautta. Asunto oli tosin tilapäinen mutta asunto kuitenkin. Mies tunnistettiin vanhusten luona olleessa talossa, jossa hän oli ampunut kaksi poliisia ja haudannut heidät isäntäväen kanssa puutarhan perälle, mistä toiset poliisit heidät kuolleena löysivät, haudattuina, usea luoti mukanaan.

Vanhukset tunnistivat miehen samaksi, jota luulivat ensin pojakseen. Ihmiset ihmettelivät, miten mies oli joutunut kiinni. Oliko hän tehnyt kaikki murhat yksin? Pojan isänkin oli tappanut. Mitään varmaa tietoa ei ollut mistään. Onneksi mies oli lukkojen takana. Hoitajat ja poliisit vartioivat huonetta yötä päivää. Mies oli ilmiömäinen katoamaan ainakin metsässä. Eihän enää karkaisi. Ihmiset pelkäsivät miehen karkaavan vielä, kun hänellä oli kyky karata poliiseilta ja koiriltakin. Siksi aina tarkastettiin, onko hän paikalla. Lukot tarkastettiin moneen kertaan, ja kahleet pidettiin, käsi- ja jalkaraudat, ettei mies vain päässyt jollakin pelillä pois.

Hänen päivänsä olivat kyllä luetut. Tuomio oli tulossa. Piirun verran vaille valmista, puuttui vain lääkärin lausunto, saiko tutkia ja kuulustella sekä oliko mies kyllin terve oikeudenkäyntiin. Kaiken lisäksi hän masentui sisätiloissa. Hän vajosi depressioon vangittuna ja kahleissa, jotka painoivat. Hän ei paljon jutellut muuta kuin silloin, kun halusi vessaan tai syömään. Kahleet oli katkaistava käsistä hetkinä, jolloin ihminen on heikkona ja voimissaankin.

Kerran mies sai kaadettua vartijan, mutta hetkessä oli kymmenen vartijaa mukana. Mies oli hankalia yllätyksiä täynnä. Hän jäi kiinni siitä pari kertaa ja joutui pakkopaitaan, ja vessatilanteita osattiin varoa. Samaa taktiikkaa mies yritti lääkettä lisättäessä, mutta hoitajavartija sai tilanteen nopeasti haltuun. Hän pisti piikin Roopeksi kutsutun miehen reiteen. Mies ei oikein tunnistanut nimeä. Oli jonkin aikaa sekaisin, sitten asettui. Houri ja hyökkäili, kunnes hänet sidottiin monen miehen voimin lepositeisiin, joissa hän oli tosi usein.

Roope oli arvaamaton, väkivaltainen ja vaarallinen vanki. Mielisairas, oliko psykopaattikin. Hänen uskottiin tappavan heti, kun sai tilaisuuden, mikä olikin osaksi totta. Olisihan hän tehnyt nykyisessä tilassa mitä vain vapautuakseen. Niin uskottiinkin, eikä hänelle uskottu ulkoilua tai vapaakävelyä niin kuin toisille, niille, jotka käyttäytyivät kohtuullisen siivosti. Silloin myönnettiin vapaakävelyä, tosin hyvin vartioituna.

Putkassa, jossa Roope oli, oli pieni räppänä, josta sai raitista ilmaa. Siitä ei olisi sopinut pienikään mies, turvallisuussyistä. Silloin kun hän vapautui lepositeistä, hän koetti kaataa hoitajia ja saikin nurin kaksi, sitten toiset kaksi. Hän otti avaimet haltuunsa hoitajien vyötäröltä, iski käsiraudoilla hoitajia vuoron perään päähän. Hoitajat taintuivat, olivat kerenneet hälyttää apuvoimia paikalle. Oven takana seisoi armeijallinen miehiä ja naisia, joilla oli piikit kädessään, yhdessä he kaatoivat Roopen. Ei kun piikkiä kaksinkertaisesti. Silti hän avaimet yhä kädessään hakkasi miehiä ja naisia. Roope oli päättänyt paeta vankilaoloja jonnekin kauaksi metsään. Hän oli kurkkuaan myöten kyllästynyt ja väsynyt nykyisiin oloihin.

Roope oli lääketokkurassa, lääke oli nopeavaikutteista. Hän hoiperteli, meinasi pudota. Olisi kai pitänytkin pudota, mutta hän jatkoi pakoaan. Hän ei antautuisi, ei millään. Hoitajat nousivat heti ylös ja lähtivät perään. Ulko-ovelle hälytettiin vartijoita pamppujen kanssa. Liekö lakannut lääkkeen vaikutus vai mikä, kun mies pääsi ulko-ovelle. Hän sai vaikeasti avattua ulko-ovet, sormet vain vapaina, minkä jälkeen siellä oli tusina vartijoita.

Lääkkeet, joita hänelle annettiin, alkoivat toden teolla vaikuttaa. Hänellä alkoi olla ongelmia. Hän oli jäänyt kiinni aikaisemmin samantapaisista yrityksistä. Mutta vaikka oli ennen jäänyt kiinni, nyt hän ei jäisi, nyt hän oli niin päättänyt.

Hän oli vankimielisairaalan ulkopuolella, hoitajat perässä. Hänen edessään oli portti ja aitakin, niin ettei siitä menty noin vain ulos.

Roope piiloutui työkaluvajaan. Ulkona oli pakkasta, Roope ihan jäässä kahleineen vajassa. Joulu oli lähellä, ihmiset odottivat joulua, hoitajistakin osa oli lomalle lähdössä. Nyt oli hoitajilta lomat evätty. Kaikki saivat kärsiä. Katsottiin piha kokonaan, puutarhavajakin. Oliko täällä puutarha kesäisin? Roope ei tiennyt, koska tuli vasta syksyllä ja oli suljetulla osastolla koko ajan. Vartijat tutkivat moneen kertaan puutarhakopinkin, mutta Roope oli syvennyksessä, kahden lapion takana, puutarhakoneen taakse sulloutuneena.

Vaan vanki oli ovela, käsiraudoillaan tainnutti monta hoitajaa. Hän oli jäässä sisävaatteissaan. Lunta tuli, lunta oli joka paikassa, kun oli satanut vähän yli kaksi kuukautta. Mutta nyt oli aika leutoa talvi-ilmaksi. Siellä puutarhakopissa iso mies värjötteli ja odotti pimeän tuloa. Hoitajat tuumasivat, että on sairaalan alueella vielä. Roope nukahti lääketokkurassa. Jos hän luuli, että hoitajat nukkuivat tai vartijat, hän erehtyi. He olivat erittäin valveilla. He olivat vihaisia ja todella vihaisia itselleen, jäätyään alakynteen yhdelle miehelle, joka oli vielä kahleissa ja lääketokkurassa.

Uutta lunta oli satanut, ja näin ollen Roopen jalanjäljet peittyivät. Hoitajat eivät yhtään tienneet, missä hän oli. He olivat noloina hukattuaan potilaan ja vaarallisen vangin. Miten vanki pääsi vapaaksi? Miten hän oli lääkkeen vaikutuksen alaisena kyennyt tusinalle miehiä ja naisia, miten oli päässyt ulko-ovelle? Hän piiloutui kai jonnekin. Hän oli seinän vieressä, ja häntä ei havaittu.

***

Karkaamisesta oli monta tuntia. Kaiken järjen mukaan hänen olisi pitänyt löytyä. Mutta häntä ei vain löytynyt, oliko hän jo kaukana? Ei hän ollut pääsyt vartioidusta portista mitenkään. Hänen täytyi olla sairaalan alueella jossakin. Kysymys kuului: missä? Mahdoton tilanne. Vartijat kiersivät pihamaata, eikä missään sairaalan pihamaalla näkynyt liikettä. Oliko mies taas onnistunut pakenemaan?

Puutarhavarastoonkin tehtiin ratsia, ei mitään, samoin joka ainoaan rakennukseen sairaalan ulkopuolellakin. Vielä ei ollut toivoa menetetty, useaan kertaan tarkastettiin paikat tuloksetta.

Mies paleli, koko kroppa jäässä. Myös piikit alkoivat vaikuttamaan toden teolla. Palelemisesta huolimatta hän nukahti seinien väliin.

Hän nukkui pari tuntia, kunnes heräsi hälinään. Vartijoita juoksi ympäri pihaa ihmetellen, missä Roope oli. Oliko hän jollain pelillä päässyt aidan toiselle puolelle? Sitä hänkin ihmetteli: miten pääsisi aidan toiselle puolelle?

Nälkä alkoi vaivata, ja yö läheni. Päivä oli jo pitkällä. Hän kurkisti seinän raosta, huomasi, että oli hämärää. Olihan puutarhavajassa ovikin, mistä Roope oli päässyt sisälle. Hän pelkäsi, että jäisi kiinni. Toista tilaisuutta paeta ei ehkä tulisi, mahdollisuutta vapauteen. Nyt vain piti jotenkin päästä aidan yli. Niin ilta joutui hänen aprikoidessaan. Hän raotti puutarhavajan ovea huomattuaan vartijoiden lähteneen pihalta pois sisätiloihin. Mutta sisällä oli valot ja valonheittimet ikkunoissa. Mikäli liikettä olisi pihamaalla, se huomattaisiin. Hän tuli ulos puutarhakopista ja katsoi, ettei häntä huomattaisi. Hän alkoi kiertää aitaa ja ihmetteli, miten pääsisi yli, kun melkein koko aidan kierrettyään törmäsi puuhun, vanhaan suureen vaahteraan, jonka oksat ulottuivat aidan ulkopuolelle. Miten ulottuivatkin aidan toiselle puolelle? Toisella puolella oli kaareva paksu oksa, kyllin paksu oksa kannattelemaan ihmistä. Hän kiitti onneaan, nyt vain piti päästä puuhun. Ehkä se oli hankalaa, kun hänellä oli käsiraudat ja jalkaraudat vielä.

Se vaara oli, että ikkunasta näkyi, kun hoitajat katsoivat vuoron perään ikkunasta. Lisäksi olivat valonheittimet. Vartijat olivat kuitenkin yötä päivää vankimielisairaalassa. Potilaat kävivät levottomiksi, ihmettelivät, kun kuulivat yhden karanneen suljetusta kopista.

Kumma kun kukaan ei ollut leikannut puuta, joka oli kuitenkin riskitekijä. Miksihän sitä ei ollut leikattu, kun siitä pääsi kuitenkin yli? Oliko vartiointi niin tarkkaa, että siihen luotettiin?

Roope kiipesi puuhun vähitellen. Hän yritti ja yritti. Lopulta hän onnistui pudottautumaan aidan toiselle puolelle. Valonheittimet valaisivat pihaa. Roopen jäljet peittyivät lumisateeseen. Vartijat ryntäsivät pihalle ja katsoivat puuta. He huomasivat kahleiden jäljet rungossa ja puussa oksan, josta vanki oli ilmeisesti päässyt pois. Sairaalan alueelta hän ei selviäisi kovin pitkälle jalkaraudoissaan, jotka hidastivat tuntuvasti liikkumista.

9. luku

Käsiraudat olivat jäässä, jalkaraudat olivat jäässä. Raudat painoivat jonkin verran, ja Roope etsi tallia, jossa voisi irrottaa raudat jotenkin. Hän löysikin hevostallin, mutta työkalut olivat aika vaikeassa paikassa seinällä, eikä hän keksinyt, miten saisi raudat irti, kunnes keksi seinällä hohtimet, vasaran ja sahan. Mutta niiden saaminen oli ongelma. Ne olivat seinällä, hän ylettyi kyllä. Mutta miten hän saisi ne sormiinsa? Suullaan hän tiputti ne maahan, josta nosti ne kahlituin rantein ylös sormilla, jotka olivat vielä vapaana, tosin kylmät. Lunta satoi edelleen piittaamatta ihmiskohtalosta.

Hevonen hirnahti tallissa, höristi korviaan. Roope laittoi heiniä sille, miten kykeni. Otti sitten hohtimet, koetti saada hohtimilla käsirautoja poikki. Hän olisi tarvinnut apua. Sellaista ei ollut, oli vain takaa-ajajat, jotka etsivät häntä poliisivoimin. Poliisit oli hälytetty yöuniltaan, jotta karkulainen saataisiin kiinni.

Roope hakkasi käsirautoja vasaralla ja yritti puristaa hohtimilla. Ehkä ääni kantautui taloon. Sieltä katsottiin ikkunasta, mutta mitäpä talvikelillä tapahtuisi. Hän laittoi kahleiden raudan väliin heiniä, ettei taloon kantautuisi hohtimen ja vasaran ääni. Lopulta käsiraudat alkoivat antaa myöten. Hän oli tyytyväinen itseensä. Melkein suulla ja hohtimilla sai auki raudat. Olihan hänellä sormetkin vapaina. Nyt olivat koko käsiraudat poissa, ja hän hieroi ranteitaan, jotka punersivat ja vähän sinersivätkin. Kyllähän hänellä oli työ vapautua. Yksi pultti antoi periksi, kohta toinenkin rengas. Aikansa aherrettuaan hän onnistui, minkä jälkeen hän hakkasi vapailla käsillään vasaralla jalkaraudat pois.

Hänellä oli sairaalan vaatteet, valko-keltaiset pyjamat. Hän paleli, niinpä hän otti hevosen loimen ylleen. Hän heitti molemmat raudat heiniin, kauas tallin perille asti, peitti ne heinillä, sitten hän siivosi jälkensä: laittoi hohtimet ja vasaran seinälle takaisin.

Hän oli poistumassa, kun sieraimiin levisi lihan haju. Hänellä oli kova nälkä, niinpä hän lähti hajua kohti ja huomasi verannalla höyryävän kuuman kinkun. Hänen tuuriaan, tietysti hän hiipi verannalle. Kuunteli, oli varuillaan – ei muuta kuin normaaleja ääniä tuvasta, jossa on ihmisiä.

Mies otti kinkun, lähti varovasti verannalta ja hiipi vähin ääniin metsään. Hän alkoi syömään veistettyään aimo palan isosta kinkusta. Ai että maistui, hän ei tiennyt, että oli jouluaatto. Tietysti ihmeteltäisiin, missä kinkku oli. Oliko kulkukoira sen vienyt? Tai karhu tai susi? Joku nälkäinen eläin, niitähän riitti talonkin pihaan, koska talo oli niin likellä metsää.

Edelleenkin satoi lunta, miehen jäljet pyyhkiytyivät äkkiä pois. Niin ei arvannut talon väki tällaista joulua. Ihmeteltyään aikansa he soittivat tutulle kauppiaalle. Sanoivat, että kinkku oli varastettu verannalta, vaikka muori vahtikin verantaa ja verannalla oli pyssy, jolla häätää eläimet. Varas ei vain jäänyt nyt kiinni. Kauppias lupasi järjestää uuden kinkun. He saivat uuden kinkun, jonka paistoivat ja jäähdyttivät sisällä. Niin oli heilläkin joulu pelastettu.

Roopelle maistui kinkku, vaikka käsissä ei ollut oikein voimaa käsirautojen jäljiltä. Hän pyöritteli käsiään ja jalkojaan, johan alkoi veri kiertää. Hän paleli, mutta ainakin hän saisi nälän pois ja monen päivän annoksen mukaansa. Hän istui sohjoisella kivellä metsän reunassa, minne palasi syötyään. Hän otti lunta maasta ja söi sitä janoonsa. Hänellä ei muuta turvallista paikkaa ollut kuin metsä.

Poliisit kävivät kysymässä, oliko nähty potilasta, joka oli sairaala-vaatteissa. Tämä oli vaarallinen. Ei ollut nähty. Läheisessä talossa seli-tettiin, että kinkku oli viety verannalta. Niinpä veranta tutkittiin mah-dollisten jälkien varalta, mutta lumisade peitti kaikki jäljet eikä näin ollen tiedetty, minne päin varmasti oli lähtenyt. Metsään tietysti, oli poliisinkin uskominen.

Ei oltu ihan varmoja, oliko vanki asialla, mutta melko varmoja. Roope oli päässyt näin pitkälle tavanomaisella tuurillaan. Entä jatkossa? Hänen arvattiin suuntaavan läheiseen metsään. Sinne tehtäisiin etsinnät joulupäivänä. Niinpä Roope tiesi, että hänen oli päästävä syvemmälle metsään.

Seuraava päivä valkeni, aikaisin aamulla aloitettiin etsinnät koiri-en kanssa. Roopella oli tuntuva etumatka, kun häntä haettiin. Poliiseilla oli pyssyt, he tiesivät, ettei Roopella voinut olla pyssyä. Oliko hänellä mitään asetta? Hän oli kerran jo jäänyt kiinni. Toisella kerralla hänet kahlittaisiin maahan eli lattiaan. Pian hänelle tulisi tosi kylmä sairaalan vaatteissa. Olihan hänellä hevosen loimi, joka vähän lämmitti suurta miestä. Hänellä oli useaksi päiväksi vielä kinkkua, jota kantoi mukanaan ja johon eläimet voisi hyökätä, kun hän oli melko lailla aseeton, pieni linkkuveitsi vain mukanaan. Hän luotti onneensa, ja poliisit toivoivat, että hän jättäisi edes koirille jonkun hajumerkin itsestään, että koirat voisivat vainuta miehen.

***

Metsä oli märkä lumesta, jota satoi tiuhaan. Metsä oli Roopen ominta aluetta, vaikka tämä metsä ei ollut millään lailla tuttu. Hän taivalsi eteenpäin metsässä, joka muuttui rämeiköksi. Mutta hän oli kaukana rajalta, jossain Keski-Suomen ja Pohjanmaan välisessä metsässä, aika kaukana mielisairaalasta.

Poliisit olivat pyssyn kanssa perässä. Saavuttivatkohan ne Roopea, siitä ei ollut tietoa. Koirien kanssa matka joutui hitaammin. Poliisit olivat päättänyt ampua jalkaan, jos saisivat miehen kiinni, mikä oli todennäköistä kuitenkin. Koirat haistelivat ilmaa ja riistaa, mutta ne oli koulutettu tottelemaan. Niinpä niille annettiin Roopen vuoteesta lakanan pätkä, jota ne haistelivat ja nuuhkivat. Koirat ja poliisit alkoivat summittain jatkaa matkaa. Ei voitu olla varmoja, olivatko he jäljillä.

Koirat menivät johonkin suuntaan: pitikö poliisien luottaa koiriinsa, vai menivätkö ne summittain vain jonnekin? Mutta koirat olivat haistaneet, vainunneet Roopen.

Jossakin kauempana Roope taivalsi nälkäisenä eteenpäin hänkin. Kunhan menisi jonnekin, ei tiennyt, mihin päättyisi karkuretki. Kiire kiire tuntui olevan poliiseilla ja Roopellakin. Rikollinen oli saatava kiinni. Koirat rupesivat haukkumaan. Luultiin jo, että Roopea oltiin saavuttamassa. Mutta ei, lintua vain haukkuivat. Ei ollut Roope näkösällä, ei lähietäisyydellä, että olisi voitu ottaa kiinni ampumalla jalkaan, mikäli tulisi kantomatkan päähän, vaan jossain kauempana, poliisien ulottumattomissa.

Roope taivalsi oikealle puolelle metsää, tuli vahingossa tielle eikä tiennyt, mihin tie veisi. Paikkakunnan poliisit tiesivät, että tie vie kirkonkylään. Roope päätti mennä taas oikeaan ja kulki tietä aika pitkän matkan. Hän huomasi, että metsä alkoi loppua. Hän aprikoi, mitä tekisi, kun kuuli koirien haukkumista, ja päätti poiketa taas metsään takaisin, juosten, koska oli kiire päästä poliiseja karkuun. Sen verran hän tajusi, ettei halunnut takaisin vankimielisairaalaan, mihin joutuisi, jos jäisi kiinni. Niinpä hänelle tuli todella kiire. Samalla hän mietti, mistä löytäisi piilopaikan, mihin poliisit eivät osaisi. Puukaan ei ollut tarpeeksi hyvä paikka. Hänellä oli maine puuhun piiloutujana, hänen piiloutumisensa muuallekin tiedettiin. Häntä myös pelättiin. Omalaatuinen maine hänellä oli, rikollinen ja vaarallinen.

Koirat ja poliisit olivat perässä, hänen oli löydettävä piilopaikka. Hän katseli ympärilleen metsässä etsien piiloa, minne poliisit eivät osaisi.

Aikansa kuljettuaan hän katsoi vielä maastoa. Hän löysikin luolan ja oli ihmeissään. Hän koetteli risulla luolaa, ja sieltä kuului murinaa. Nyt ei tiennyt, minkä eläimen pesä siellä oli, vaan koetteli risulla valmiina nousemaan puuhun, jos siellä olisi isokin eläin. Luola ei ollut kovin suuri. Sieltä ilmestyikin kettu, joka tuli katsomaan, mikä siellä pesän suulla oli. Ihmisen hahmon kimppuun kettu ampaisi, kun oli poikasia vahdittavana. Se hyökkäili miestä päin ja vinkui. Pennut vikisivät ja inisivät kolossa. Kettu ei jättänyt koloa vahtimatta, koska siellä oli poikasia neljä. Se puolusti pesäänsä ja poikasiaan.

Mies ajatteli, mahtuisiko koloon vai oliko liian pieni. Pesä oli joskus hylätty, oli alun perin ollut jonkun isomman eläimen pesä, jonka kettu sitten omi, kun se oli ollut tyhjillään. Mies aprikoi, miten saisi kolon haltuunsa. Niinpä hän päätti onkia kepillä poikaset pois niin, että emo lähtisi viemään niitä muualle, uuteen paikkaan, lähtisi pois kolon luota. Tai jos ne olisivat siinä, niin luultaisiin, että kolo oli vain ulkoilemassa olevien ketun ja poikasien kolo.

Niin iso mies koetti kaivautua koloon. Ahdasta oli. Hän jäi hartioista kiinni yritettyään mennä peremmälle. Kolo ei ollut suuren suuri, mutta mies mahtui kuitenkin sinne kaksin kerroin.

Poliisit ja koirat siihen parahiksi, koirat haukkuivat vimmatusti. Poliisit ihmettelivät, saivatko miehen kiinni, mutta koirat vain haukkuivat kettuja. Poikaset pelkäsivät kamalasti, vapisivat ja tärisivät. Ne vinkuivat, ja emo hyökkäili niin, että poliisit päättivät jättää ne rauhaan. He lähtivät pois kiireen vilkkaa, että emo ja poikaset saisivat olla rauhassa.

Poliisit eivät epäilleet miehen olevan luolassa, joka oli liian pieni ihmiselle. Miehellä olikin tukala olo, hän oli luolassa tai pesässä kaksin kerroin. Poliisikoirien haukunta kuului koko ajan kauempana, ja hän uskalsi ulos, kun haukunta vaimeni. Saiko hän nyt olla rauhassa? Rauha hänellä oli pakenemista. Saiko hän olla ja metsästää rauhassa eläimiä?

Hän oli ihminen, ja hän ei ymmärtänyt kunnolla, miksi hänen piti olla vankimielisairaalassa. Luonnossa oli paljon parempi, hänen mielestään.

Mutta viranomaiset halusivat rangaista miestä, tietysti, koska hän oli tehnyt tekoja, jotka olivat rangaistavia, raskaamman jälkeen. Nyt he tiesivät hänestä paljon enemmän kuin aikaisemmin. He tiesivät, että hän oli syyntakeeton rikollinen, jolta ei voinut odottaa täydellisyyttä. Hän ei kerta kaikkiaan muistanut tekosiaan ja oli näin ollen lain suojeluksessa. Hänen piti olla hoidossa parantuakseen muistin menetyksestä. Ei tiedetty, oliko muisti mennyt iäksi vai oliko muistinmenetys vain tilapäistä. Mies oli vaikea tapaus, joka piti saada kiinni: mitä pikemmin, sitä parempi. Mutta hänen erämiestaitonsa tulivat taas todistetuiksi. Hän osasi piiloutua sekä väijyä ihmisiä ja eläimiä. Mikä neuvoksi? Ei tiedetty, mikä oli aiheuttanut muistinmenetyksen. Mies oli kokonaisuudessaan arvoitus poliiseille ja häntä hoitaneille lääkäreille. Jäisikö saamatta selville hänen muistinsa menetys, se, mitä laatua se oli ja mistä johtui?

Miehen arvoitus saattaisi jäädä selvittämättä, jos miestä ei löytyisi ollenkaan. Siltä vähän vaikutti: mies oli kappaleen matkaa edellä jäljittäjiään. Hän rakasti metsää ja tunsi sen. Vaikka tämä metsä oli vieras, hän tunsi sen kodikseen. Hän rakasti maata jalkojensa alla ja sinitaivasta, jotka eivät tuominneet häntä niin kuin ihmiset. Hän rakasti puita, jotka suojelivat häntä, että hän sai majan rakennettua puiden oksista. Eläimistäkin hän piti, mutta hänen oli pakko osa niistä pyydystää ravinnokseen.

Nyt kun poliisit oli tuloksetta käyneet metsässä, he päättivät palata kirkonkylään. Heidän palattuaan ihmiset kyselivät, missä mies oli. He tiesivät, että poliisit hakivat Roopeksi kutsuttua miestä, joka oli karannut vankimielisairaalasta ja joka oli tehnyt usean murhan tai tapon. Ihmiset pelkäsivät, että jos mies tulisi heidän kyläänsä, veisikö hän väkisin lapsen vai tappaisiko asukkaat. Poliisit pyrkivät rauhoittelemaan ihmisiä. Vartiointia oli lisätty, ja sekä ulkopaikkakuntalaiset että poliisit olivat mukana jäljittämässä miestä, Roopea, joksi hekin häntä kutsuivat. Koiria oli taas enemmän, mutta ei niistä ollut riittävästi apua. Hakeminen metsästä oli ollut turhaa. He menisivät seuraavana päivänä uudestaan, sillä yöllä oli vaikeampi liikkua pimeässä metsässä. Olkoon Roope yön rauhassa, ehkä hän aamulla tai aamupäivällä jäisi kiinni, kun häntä hakee usea poliisi koirien kanssa.

***

Miestä ei löydetty, hakemisesta huolimatta. Heillä olisi etumatka Roopeen nähden, koska heillä oli koirat, mutta ne eivät vainunneet miestä vaan ketun poikasineen. Heillä oli myös aseet, ja Roope saa uskoa, että armoa ei annettaisi. Niin he päättivät: ampua monelta taholta. He piirittäisivät metsän ja Roopen, jotta saisivat hänet kiinni hyvissä ajoin. Aikaa ei ollut riittämiin, loputtomiin, asiat menivät omalla painollaan. Oli myöskin vaikeata saada hänet oikeuskelpoiseksi, kuntoon ennen oikeudenkäyntiä.

Hän oli hullu ja kelvoton kansalainen, ihmisten mielestä.

Kaiken maailman lieveilmiötäkin tuli tapauksen johdosta. Mutta useammin karkuri jäi kiinni kun pääsi pakenemaan näin pitkään kuin Roope, joka oli lajissaan ainoa. Useammat rikosvyyhdet saatiin selvitettyä kuin niitä jäi ratkaisematta. Poliisi oli neuvoton, olihan Roope jäänyt kiinni kerran – ehkä hän toistekin jäisi kiinni. Se oli varmaa.

***

Oli jo helmikuun toinen viikko menossa. Silloin oli kevättalvi, kun hän teki surmansa ja lähti kotoaan tehtyään veriteon, surmattuaan tyttöystävänsä. Ainakin se teko oli Roopen tunnolla. Myös muut surmat tiedettiin, koska hänen kengänjälkensä löytyi usealta paikalta, joissa surmat oli tehty.

Nyt oli saatava Roope kiinni ja pikaisesti hoitoon. Se olisi hänen parhaakseen. Tuomio lyhenisi, koska hänellä todettiin muistinmenetys.

Oliko hän muistanut jotain vankimielisairaalassa? Vai muistiko tekonsa nyt? Oliko ehkä tullut katumapäälle? Sitä saattoi toivoa, muttei tiedetty.

Roope rakensi itselleen yösuojan, jota ei vielä käyttänyt. Hän varmisti, kuulosteli, olivatko poliisit ja koirat väijymässä häntä. Yleensä se oli hän, joka väijyi poliiseja koirineen. Mutta oli myöhä, ja hänen täytyi syödäkin. Sitä varten hän taittoi sopivan oksan ja taivutti sitä. Sitten hän väkersi jousta, sen piti olla suora. Linkkuveitsellä hän väkersi nuolta, jonka tuli kantaa tarpeeksi pitkälle osuakseen eläimeen. Oli taas oltava tarkka ja hyvä ampumaan ilman narua. Hän koetti tehdä taipuisista koivun oksista jänteen, että nuoli lentäisi jonkin matkaa: ei kovin kauaksikaan tarvitsisi, siinä muutaman metrin. Pahaa aavistamaton eläin kaatuisi kyllä. Hänen taitonsa olivat vähän unohtuneet lääkkeiden ja sisällä olon takia. Nuoli lensikin, kun hän oli aikansa yrittänyt, mutta vain vähän matkaa. Niinpä hänen oli saatava jänis, joita Keski-Suomessakin oli, melkein paljain käsin kiinni. Oli oltava tarkkana hiljaa ja keskittyen. Siitä juoksikin ohitse jänis, joka ei usein ihmistä näe.

Vähän myöhässä Roope pingotti itse tekemänsä jousipyssyn. Nuoli oli tarpeeksi terävä, ja niinpä se lensi maaliinsa nipin napin. Jänis yritti vielä karkuun mutta ei päässyt, kun Roope loikkasi sen niskasta kiinni. Niin oli taas kerran pitkästä aikaa jänispaisti kohta valmis. Hän teki vielä nuotion paikan ja hinkkasi keppiä, joka oli kuivunut, kuivaa kiveä vasten. Kipinät lensivät, jo tuohi alkoi syttymään. Sitä hän oli ottanut läheisistä koivuista.

Hevosvälly oli matkassa, hän kuivasi siihen kaiken sytykkeen. Jäniksestä oli valutettu veri kaulasta ja otettu suolet pois. Nahan nylkeminen ei oikein onnistunut pienellä linkkuveitsellä.

Kun nuotio savuten ja kitkatulta yskien alkoi olla valmis, hän laittoi jäniksen siihen kypsymään ja toivoi, etteivät poliisit tulisi myöhään illalla etsimään häntä. Eivät tulleet, kevättalvi oli petollista aikaa. Sairauksia oli yhdellä sun toisella. Kevätflunssat sairastuttivat monia ihmisiä.

Miten Roope selviäisi pelkässä pyjamassa? Hän aivastelikin niin että tuli oli sammua. Hän meni kauemmaksi tulesta.

Tuli paloi kuitenkin pikkuhiljaa kypsytellen jänistä. Roopella oli silti kylmä, vaikka oli hevosen loimi yllä. Mitenkähän kylmä yöstä tulisi, hän pohti. Pakkanen tuntui kiristyvän, olihan kevättalvi vielä. Hänen pitäisi löytää muu suoja kuin puun oksista tehty, mutta sellaista ei ollut tiedossa. Hän oli väsynyt oltuaan koko päivän ja illan metsällä. Nuolikin oli katkennut, kun hän oli irrottanut sen jäniksestä.

Nuotio savutti heikosti, liekki oli heikonlainen. Roope lisäsi tuohta, ja niin käryten paloi taas tuli nuotiossa. Hän ei ollut pitkään aikaan ollut niin paljon ulkosalla kuin nyt viime päivinä, ja hän oli tosi väsynyt. Hän kömpi majaansa, ja vaikka pakkasta oli reippaasti, hän nukahti heti. Hän oli niin väsynyt, suorastaan uupunut. Oliko pari yötä tultu valvottuakin?

Hän nukkui hevosloimi ympärilleen kiedottuna, sormet ja varpaat jäässä. Herättyään hän meni nuotion ääreen. Se ei enää palanut vaan savutti kitkerää savua, oli sammumassa. Mies joutui uudestaan hakemaan tuohta, nyt kauempaa, koska oli repinyt lähellä olevista koivuista jo tuohet irti. Savu nousi vielä: ehkä hän saisi nuotion syttymään uusilla sytykkeillä? Niin saikin, ja oli tarpeeseen tuli, koska jänis ei ollut vielä kypsä ja kypsymiseen menisi vielä jonkin aikaa.

****

Poliisit koirineen olivat syöneet tukevasti ja olivat nyt nukkumassa, heräisivät aamulla uuteen koitokseen Roopen kanssa.

Roopekin heräsi uuteen aamuun, samoin poliisit toisaalla. Nyt oli Roopen tehtävä tuli lämpimikseen. Poliisit aloittivat koirien kanssa menon metsään, joka oli aika tiheää. Koivua ja mäntyä kasvoi, kuustakin sekä vaahteroita. Oli pakkasta heti aamusta. Roopen tulisi kylmä, he ajattelivat, kesävaatteissaan.

Roope yritti tehdä tulta. Hän oli sen verran kaukana, että uskoi, että sai olla rauhassa. Nuoli oli katkennut, kun hän oli ampunut jänistä. Oli tehtävä uusi. Tietenkin nuotio oli lumen peittämä, tuli ei levinnyt mihinkään ympäristöön. Se sai palaa kitkuttaa rauhassa. Niinpä hän väkersi nuolta oman aikansa, hioi terää teräväksi, että se lävistäisi eläimen ja pysyisi siinä.

Missä olivat hänen jäljittäjänsä? Ei hän heitä kaivannut, mutta pelkäsi jäljittäjiään, jotka seurasivat häntä, koirat mukanaan. Hän todella pelkäsi. Hän kiirehti keretäkseen poliisien edelle: he olivat ilmeisesti aika lähellä.

10. luku

Niinhän siinä kävi, että Roope tuli piiritetyksi. Ei päässyt enää pakoon minnekään metsäaukiolla, missä poliisit lähenivät ja lähenivät. Hänen oli tosi tukala olla, näinkö hän jäisi kiinni? Hän ei aikonut antautua noin vain, vaikka poliiseilla oli pyssyt ja koirat.

Hän otti jalat alleen, mutta ei päässyt pitkälle, kun poliisit ampuivat häntä päin, ja luodit osuivat häntä jalkaan. Poliisit ampuivat kolme laukausta molempiin jalkoihin, eikä hän päässyt liikkumaan eteenpäin. Poliiseja ja koiria oli kintereillä, ja tilanne oli se, että hän oli alakynnessä pahasti. Poliisit ampuivat vielä käsiin ja keskivartaloon. Hän putosi maahan, kivuissaan. Keskivartaloon osuneet laukaukset veivät tajun kankaalle.

Poliisit tekivät puista paarit, joilla aikoivat kantaa Roopen kylään. Koirat haukkuivat, kunnes niiden käskettiin olla hiljaa. Roope vuosi verta aika tavalla. Jonkun poliiseista oli annettava takkinsa, jotta vatsassa oleva verenvuoto saataisiin tukittua. He pelkäsivät, että Roope kuolisi verenvuotoon. Tutkinnan kannalta olisi tärkeää saada hänet elävänä sairaalahoitoon, siinä tilassa kun hän oli ammuttuna.

Roope vuosi kun seula, ja poliiseille tulisi kiire saada hänet elävänä hoitoon. Paarit olivat pian valmiit, kun poliisit yhdessä tekivät ne puista, jotka piti katkaista kyllin pitkiksi ja suuriksi, sillä Roope oli iso mies. Hän painoi aika tavalla, ja poliisien piti kahdeksan miehen voimin kantaa Roope tien laitaan, josta pääsisi kylään.

Joku poliiseista meni soittamaan ambulanssin, Roope vuosi verta, hengenlähtö oli lähellä. Ambulanssi tuli lähimmältä asemalta, joka oli melko pitkän matkan päässä. Roope kannettiin ambulanssiin, jolla hänet vietiin Kuopion keskussairaalaan. Ambulanssi ajoi lujaa pillit soiden, oli kiire saada Roope sairaalaan. Hän oli yhä tajuttomana, ja hänelle annettiin verenvuotoa tyrehdyttävää lääkettä, ettei hän vuotaisi kuiviin ja kuolisi. Hänen haavansa puhdistettiin, kun odotettiin sairaalaan pääsyä. Joka tapauksessa hengenlähtö oli lähellä.

Poliisit joutuisivat tekemään tilanneselvityksen Roopen kiinniotosta.

Meni kaksikymmentä minuuttia, ennen kuin ambulanssi oli perillä. Roope kannettiin kiireellisesti leikkaukseen. Mahaan osuneet kaksi laukausta olivat pahimmat. Luodit piti poistaa heti, samoin jalkoihin osuneet luodit. Usean lääkärin ja sairaanhoitajan voimin luodit saatiin pois, mutta verenhukka oli suuri. Siksi hänelle annettiin verta, kun oli ensin tutkittu, mikä veriryhmä on sopiva. Sen jälkeen neuvoteltiin sekä odotettiin, että hän tulisi tajuihinsa, mikä ei ollut varmaa vaan kestäisi varmaankin tunneista päivään tai kahteen.

Lääkärit olivat melko tyytyväisiä. Jäisi nähtäväksi, auttoiko leikkaus ja kerkesikö verensiirto ajoissa.

Roope joutui tarkkailuhuoneeseen, missä tarkkailtaisiin hänen vointiaan. Siellä oli kaksi vartijaa varmuuden vuoksi. Koko ajan tarkkailtiin, tapahtuisiko hänen tilassaan muutoksia, mutta tila oli vakaa, vaikka kriittinen. Roope oli yhä tajuton, mutta kuinka kauan? Heräisikö hän ollenkaan? Hän oli iso mies, ja hänen peruskuntonsa oli hyvä: hän oli karaistunut luonnossa, missä ilmiselvästi viihtyi.

Sairaalan ikkunasta näkyi puita, mutta Roope oli ihan muualla. Hän makasi tiedottomana sairaalan vuoteessa, nukkui illan, aamun ja seuraavan päivän. Sairaanhoitajat kävivät huoneessa tarkastamassa tilanteen. Luodit olivat tehneet pahaa jälkeä. Hänelle tuli tulehdus mahaan, myös jalkoihin. Niin annettiin penisilliiniä suoraan suoneen sekä ravintoa. Haavat puhdistettiin määräajoin.

Roope nukkui vielä seuraavan yön tajuttomana, mutta aamulla hän heräili ja räpytteli silmiään. Huoneeseen kutsuttiin lääkäri, joka tutki potilaan. Edistystä tapahtui: hän paranisi, mutta hän olisi pitkään sairaalahoidon tarpeessa. Sairaalasta hänet siirrettäisiin vankimielisairaalaan. Hän heräili ja valitti kipuja voihkimalla. Sairaanhoitajat antoivat kipulääkettä, ja vähän ajan päästä voihkiminen lakkasi. Roope nukkui, mutta oli tajuissaan. Heräiltyään hän oksensi, jolloin hoitajat nostivat vuoteen yläpäätä. Siitä huolimatta hän oksensi päälleen. Hoitajat siivosivat, ja hänelle vaihdettiin puhtaat vaatteet. Annettiin oksennusmalja ja sanottiin: "Siihen oksennat." Hän oli luonnonlapsi, ei ollut ikinä nähnyt sellaista.

Ei hän ikinä ollut ollut sairaalassakaan. Ihmetteli, mikä paikka se oli. Miksi hän oli sisällä ja mahaa koski ja jalatkin olivat tulessa? Kun hän kouristeli ja piteli mahaansa, paikalle kutsuttiin lääkäri, joka määräsi hänet uuteen leikkaukseen. Hänet vietiinkin kiireesti leikkaussaliin, joka oli vielä laittamatta leikkauskuntoon. Nyt kun hän oli hereillä, hänelle annettiin nukutusainetta ja hän nukahti välittömästi. Tutkittiin, mikä oli mennyt vikaan.

Usea haava oli tulehtunut. Lääkärit katsoivat vielä vatsassa olevia repeämiä, jotka johtuivat oksentelusta. Haavat neulottiin umpeen. Odotettiin penisilliinin vaikutusta, että hän lopulta paranisi tai paranemisessa tapahtuisi edistystä. Parin viikon sisällä hän voi olla jo vähän aikaa seisaallaan tai pienin askelin kävellä.

Vartiomiehet seisoivat paikoillaan oven ulkopuolella. He kurkistivat sisälle huoneeseen, oliko mies siellä vielä. Olihan hän tietenkin, mutta sai jo kävellä muutaman askeleen. Paranemiseen menisi pari kolme kuukautta. Roope valitti kipuja kävelyn jälkeen, jolloin annettiin lisää kipulääkettä. Niin aika kului kipuillessa ja toipuessa.

11. luku

Omaksi ihmeekseen Roope muisti tapahtumia, joissa oli ollut mukana päätekijänä, eli ampumisia. Järkytys oli melkoinen hänelle itselleen. Hän pohti, kuinka hänen kävisi, jos kertoisi hoitajalle muistavansa. Mielessään hän ihmetteli, miten kertoisi. Pamauttaisiko tiedot itsestään hoitajille? Niin hän päätti tehdä. Niinpä hän kutsui hoitajaa, joka kysyi: "Mitä nyt? Ovatko kivut kovat, lisätäänkö kipulääkettä?" Toisaalta hänelle ei voinut antaa enempää. Hoitaja pöyhi tyynyä ja kysyi, korjataanko vuodetta. Roope vastasi, että kyllä, ja hoitajat korjasivat tyynyä ja vuodetta. He toivat ruokaa ja vettä, minkä jälkeen poistuivat.

Roope unohti tilaisuutensa kertoa tapahtumien kulusta, mutta kohta hän soitti kutsukelloa uudestaan. Tällä kertaa hoitajat viipyivät, kun tiesivät, ettei hänellä ollut hätä. He kuitenkin tulivat ja kysyvät: "Mitä nyt?" Roope sanoi, että olisi asiaa, ja ensi töikseen sanoi muistinsa palanneen. Sitä hoitajat eivät heti uskoneet.

Roope selitti, että muisti tapahtumia. Hän muisti ampuneensa jotakin ihmistä, joka oli sitten kuollut. Hoitajat tiesivät, mistä kaikesta häntä syytettiin. He olivat vaitonaisia eivätkä osanneet sanoa kuin "hyvä on". He menivät ulos huoneesta ja kutsuivat lääkärin, joka tutki silmät ja sanoi, että ehkä edistystä oli tapahtunut hänen muistissaan.

Kuntouduttuaan Roope siirrettäisiin vankimielisairaalaan. Vielä hän ei ollut kuljetuskunnossa, vaan jouduttiin odottamaan. Vartijoita lisättiin, yksi oven ulkopuolelle, yksi sisäpuolelle. Ei oltu vieläkään varmoja, oliko hän mies tekojen takana. Luultavasti oli.

Hän pääsi jo kävelemään ilman sauvoja, muttei pitkiä matkoja –
mies, joka oli terveyden perikuva. Sellainen hän oli ruumiillisesti, mutta
henkisesti hän oli vioittunut, kun oli tehnyt kaiken kaikkiaan kahdeksan
murhaa, jotka olivat poliisien tiedossa. Hän oli tietämättään tosi paha
rikollinen. Tunnustaisiko hän loputkin murhat? Miksi hän oli ne tehnyt,
oliko hän ollut muistinmenetyksen tilassa? Jos oli, se pitäisi kai näyttää
toteenkin. Oliko hän syyntakeeton tehdessään teot? Ilmeisesti hän oli,
koska nyt vasta vähän muisti teoistaan ja tunnusti heti kun muisti.

Lääkäri oli toiveikas. Ihmiset olisivat rynnänneet sairaalaan, jos
olisivat tienneet, samoin lehdistö, mutta asia pidettiin hyvin salassa.
Toimittajia ei ainakaan päästetty sisälle sairaalaan. Ihmiset halusivat
tilanteesta selvityksen, varsinkin lehdistö, joka pisti nokkansa joka paik-
kaan. Kyläläiset olivat kai kertoneet alustavasti, että surmaaja oli saatu
toisen kerran kiinni. Pääsisikö hän karkaamaan poliiseilta vielä? Olihan
hän ennenkin karannut, ja hän oli vaikeasti kiinni saatava mies. Jos hän
karkaisi, hän tuskin puolikuntoisena pääsisi kovin pitkälle, mutta ihmi-
set pelkäsivät miestä, joka oli ampunut niin monta miestä. Häneltä osat-
tiin odottaa mitä tahansa. Odotukset olivat kuitenkin korkealla, kun
mies oli saatu kiinni sekä takaisin vankimielisairaalaan.

Niinpä hän oli joutunut sinne, ja hänet vietiin tutkimuksiin, pal-
jastuksiensa vuosi ja muutenkin. Lääkäri tutki hänen aivonsa koneella,
joka näytti tulosten olevan hyvät: paranemista oli tapahtunut, kun hän
vain nyt muistaisi loputkin surmat, ennen kaikkea tunnustaisi, niin oltai-
siin lähellä oikeuden istunnon aloittamista.

Roope tarvitsi vielä ainakin kolme kuukautta hoitoa, ehkä
enemmänkin. Sitten katsottaisiin, oliko hän oikeuskelpoinen. Tilanne
vaati tutkimista ja uudelleen tutkimista. Se vaati sekä hänen tunnustuk-
sensa että oikeuslääkärin lausunnon oikeuskelpoisuudesta, mikä ei ollut
vähäinen tehtävä.

***

Melkein kolme kuukautta meni hänen tunnustustensa kirjaamiseen sekä lopulliseen paranemiseen. Sairaalan lääkäri kävi Roopen luona joka päivä, kunnes eräänä päivänä Roope itkien kertoi tehneensä kaikki surmat. Hän kertoi surmanneensa myös tyttöystävänsä, jonka oli tappanut veitsellä. Sitä hän ei tiennyt, miksi muisti oli mennyt, eikä sitä, miksi hän oli ampunut kaikki miehet. Yksitellen hän muisti tapaukset sekä katui tekojaan, itkien kertoi, mihin hoitajat reagoivat antamalla rauhoittavaa lääkettä. He siirsivät lääkärille tunnustamista myöhemmäksi. Mies oli onneton, halusi toisten seuraa, mutta hänen oli levättävä kertomansa välillä. Lepo nimittäin auttoi. Hän rauhoittuikin, nukahti. Näki unta tapahtumista ja heräsi painajaisiin, joista hoitaja hänet löysi.

Hänelle tuli itsetuhoisia ajatuksia, hän ei halunnut elää. Niinpä hänen kanssaan puhui sairaalan pappi, joka sanoi: ”Hän saa kaikki rikkomuksensa anteeksi, kun vain katuu ja pyytää anteeksi.” Niinpä he rukoilivat yhdessä. Roope ei oikein osannut rukoilla, joten pappi pyysi rukoilemaan perässä. Pappi lausui Isä meidän -rukouksen ja herran siunauksen. Sen jälkeen hän sanoi: ”Syntisi on anteeksi annettu.” Tähän Roope ihmeissään: ”Kaikkiko?” ”Kyllä”, sanoi pappi, ”mutta sinun täytyy sovittaa maan päällä syntisi eli tekosi oikeudessa.” Roope sai vielä ehtoollisen. Hän rauhoittui vähitellen ja sanoi: ”Sovitan kyllä syntini, mutta miten?” johon pappi vastasi: ”Miten oikeuslaitos eli tuomioistuin sen päättää.”

Lähdettiin tutkimaan, oliko hän ollut muistinmenetyksen tilassa teot tehtyään. Mitä ilmeisimmin oli, koska oli sairaalaan tuotaessa muistinsa menettänyt. Sen pystyi usea lääkäri toteamaan. Jo aikaisemmin hän oli saanut häneen osuneiden laukausten ansiosta muistinsa takaisin, mitä toisille ei välttämättä tapahdu koskaan. Roope oli selvinnyt traumastaan, jonka sai tyttöystävänsä puukottamisesta. Kerrottuaan sen moneen kertaan hän alkoi olla valmis uskomaan, että saisi oikeutta ja tuomion tapahtuneiden rikosten johdosta.

***

Roope joutui odottamaan oikeuslääkärin lausuntoa, koska oikeuslääkäri tarvitsi lausunnolle vahvistuksen spesialistilta, joka oli perehtynyt aivojen käyttäytymiseen ja muistinsa menettäneisiin potilaisiin. Spesialisti tutki ja haastatteli Roopen ja tuli siihen tulokseen, että tämä oli oikeuskelpoinen, vaikkakin tarvitsi vielä sairaalahoitoa. Niin Roope istui sellissään ja pohti tapahtumia ihmeissään. Hänet tutkittuaan myös oikeuslääkäri totesi hänet oikeuskelpoiseksi.

Ihmiset kuulivat tästä ja olisivat halunneet Roopen päätä vadille. He olivat tyytyväisiä, että Roope oli jäänyt kiinni, mutta he halusivat enemmän kuin vain tuomion. He halusivat kuolemantuomion, jota Suomessa ei ollut. Myös lehdistö reposteli asiaa ja yritti päästä kuvaamaan Roopea, mutta rikollista ei päässyt tapaamaan. Tietenkin toimittajat olisivat halunneet juttuun haastattelun häneltä itseltään, mutta se ei vain ollut mahdollista eikä luvallistakaan.

Toimittajat utelivat hoitajilta kaikenlaista: oliko vanki rauhallinen, oliko tunnustanut kaikki tekonsa, pääsisikö oikeuteen. Hoitajat eivät vastanneet. Heistä otettiin kuvia, mutta sisälle ei päästetty reporttereita eikä muitakaan uteliaita.

Roopelle olisi kova pala, että hän joutuisi kiven sisään, minkä hän käsitti muistettuaan tehneensä rikoksensa. Sekin oli kova pala, ettei hän saanut olla metsässä, jota rakasti enemmän kuin mitään muuta. Rankkaa oli sekin, että hän oli myös tappanut poliisit, rajavartijat sekä tyttöystävänsä. Hänellä ei ollut ystäviä. Nekin, jotka jossain vaiheessa seurasivat Roopen pakenemista, olivat nyt tyytyväisiä asian saamaan käänteeseen. Kaikki vain pelkäsivät, että Roope ottaisi taas jalat alleen.

Hänen haavansa olivat melkein parantuneet. Niistä jäisi jälki, mutta se ei merkinnyt mitään. Roope odotti muiden kanssa oikeuden käsittelyä. Oikeus odotti ja odotus oli pitkä. Roope tuskastui ja masen-

78

tui, ja häntä hoidettiin masennuslääkkeillä, mikä viivytti lisää hänen asiansa käsittelyä.

Aikaa kuluisi Roopen oikeuskäsittelyyn, joka kestäisi sekin pit-kään. Vaikka Roope tunnustaisi, asian toteaminen ja tuomion langetta-minen veisivät aikaa. Oikeuskäsittely olisi pitkä. Tuomioistuin keräsi aineistoa häntä vastaan, ja puolustus etsi seikkoja, jotka lieventäisivät tuomiota. Niitähän oli hänen nuori ikänsä sekä hänen muistinsa katoa-minen tapahtumahetkillä. Se voitiin näyttää toteen lääkärin lausunnon perusteella, mikä puolsi puolustusta.

Roope saisi myös oikeutta eikä vain tuomiota. Tuomio oli varma, eri asia oli, missä hän sen kärsisi. Hän suorittaisi rangaistuksensa joko vankilassa tai mielisairaalassa. Muita vaihtoehtoja ei kai ollut, eikä hän vapautuisi pitkiin aikoihin. Hän olisi jossain monta vuotta suorittamassa kakkua. Hänen täytyi olla lukkojen takana, mitä hän pelkäsikin. Sen hän kyllä ymmärsi: hänellä olisi pitkä tie sovittaessaan rikoksiaan.

Lehdistö kirjoitti asiasta ihmetellen sitä, että hän yksinään oli pär-jännyt usealle rajavartijalle ja poliisille. Miten oli mahdollista karata van-kimielisairaalasta kahleet käsissään? Miksi puu oli leikkaamatta sillä puolella, mistä se sojotti aidan ulkopuolelle? Tätä ihmettelivät poliisi ja vähän kaikki. Roopen toimista tuli etusivun juttu: metsien miehestä, poliisien töppäilystä. Kuinka hän oli siinä tilassa kyennyt ampumaan, muistinsa kadottaneena? Hän oli ampunut monta ihmistä, mutta mitään motiivia ei keksitty. Oliko hän vain puolustautunut? Kerennyt ampu-maan ensin? Uskomatonta, lehdistö päivitteli tapahtunutta ja pohti, minkälainen oikeusistunnosta tulisi.

Se jää nähtäväksi. Kyllä oikeustuomioistuin sen hoitaisi. Lehdistö olisi halunnut olla mukana tuomion käsittelyssä, mutta tiesi melko var-masti, että oikeusistunto käytäisiin suljetuin ovin.

***

Roopelle tehtiin mielentilatutkimus toiseen kertaan. Edellisellä kerralla hänet todettiin syyntakeettomaksi. Nyt oli toinen ääni kellossa, vaikka hän mitä ilmeisimmin oli teot tehdessään syyntakeeton. Nyt hän voisi mennä oikeuteen, koska muisti oli palannut. Oikeusistuimen lääkäri totesi hänet nyt syyntakeiseksi. Tuomiota ei tiedettäisi etukäteen.

Ei Roope ollut keksinyt syyllisyyttään, vaan oli tehnyt teot syyntakeettomana, minkä nyt oli muistanut jo aikaisemmin. Todisteet puhuivat hänen syyllisyytensä puolesta, mutta oliko todisteita liian vähän? Ainakin yhdestä rikoksesta oli ilmiselvät todisteet: tyttöystävän kotoa löytyneeseen veitseen oli jäänyt sormenjäljet, jotka olivat nimenomaan hänen. Roopen ase oli poliisilla, ja myös siinä oli Roopen sormenjäljet. Roopella ollut ase sopi uhrin saamiin luoteihin. Taisi olla raskauttavat tiedot Roopesta. Vielä samalla pyssyllä ammuttu. Syyllisyys oli aika varmaa.

Mihin Roopenkin lausunto täsmäsi? Miehet oli ammuttu samanlaisella aseella. Roopellahan oli anastettuja pistooleja kokonaiset kuusi, että kyllä hänet todettaisiin syylliseksi kaikkiin surmiin. Oikeuden käsittelyä sai kuitenkin odottaa. Roope pitkästyi, harkitsi itsemurhaa ja lähtemistä uudelleen metsään, missä hän viihtyi. Mutta oliko se mahdollista hänenkään mielestään, olihan hän putkassa odottamassa oikeudenkäyntiä.

Hänelle ei maistunut ruoka, jota tarjottiin keittiöstä, vaan hän kaipasi omia ruokiaan, metsästä riistaa, vaikka oli hän jo tottunut laitoksen ruokiin oltuaan monta kuukautta sisällä vankilassa.

Myös puolustus keräsi aineistoa, samoin kuin syyttäjä. Puolustus vetoaisi Roopen mielentilaan sekä siihen, että asianomainen eli Roope ei muistanut tapahtumia, jotka ilmiselvästi oli kyllä tehty: ruumiita oli kahdeksan kappaletta. Oliko hän varmasti kyennyt surmiin muistinsa menetettyään? Puolustus ei ollut varma asiasta, aikoi asettaa kyseenalaiseksi rikokset. Oliko vai eikö ollut Roope tehnyt niitä kaikkia? Sitä paitsi pystyttiin todistamaan, ettei hän ollut syyntakeinen tapahtumahetkellä, tekoja tehdessään. Jos syyttäjä laittaisi oikeudessa selvät todisteet puolustukselle, ei puolustus ollut niinkään varma. Puolustus aikoi asettaa syyllisyyden kyseenalaiseksi, eri asia oli, onnistuisiko. Ainakin lieventäviä asianhaaroja oli. Puolustus aikoi vielä vedota itsepuolustukseen: Roope oli tehnyt teot syyntakeettomana ja puolustanut henkeään. Oikeus sitten katsoi, oliko ampuminen pakollista. Roope oli hyvä ampumaan. Hän olisi voinut vaan haavoittaa eikä tappaa, mikä oli raskauttava asianhaara. Samoin oli se, että hän oli uusinut tekonsa monta kertaa. Olihan niitä merkkejä, karkaaminenkin oli merkki syyllisyydestä. Oliko niin, ettei Roope muistanut tehneensä rikoksia? Henkensä menettäneet poliisit eivät tulleet kertomaan. Omaiset surivat vielä menetettyjä rakkaitaan.

Ihmiset toivoivat Roopelle kovaa vankilatuomiota tai tuomiota kuritushuoneessa. Kunhan mies saisi ansionsa mukaan. Mikä olisi ansionsa mukaan eli tarpeeksi? Sitä ei vielä tiedetty.

12. luku

Oikeuskäsittely alkoi oikeudessa suljetuin ovin, ja reportterit olivat kuullet, missä tuomio julistettaisiin. Heitä ryysi suljettujen ovien taakse, pihamaalle, joka paikkaan, mutta poliisit eivät päästäneet heitä läpi. Niin oikeusistunto alkoi. Syytetty oli tuotu tutkintavankeudesta istuntoon. Reportterit odottivat, että saisivat kuvia tai edes yhden kuvan. Mutta turhaan.

Roope tuli poliisisaatossa istuntoon. Hän oli kalpeana ja hädissään. Puolustuksen asianajaja lohdutti häntä, lisäksi hänellä oli hoitajat molemmin puolin. Poliisit seisoivat vartiossa. Edessä oli pitkä pöytä, jonka takana tuomari. Paikalla olivat lautamiehet, jotka odottivat oikeuskäsittelyä. Huoneessa kohistiin, kun vanki saapui huoneeseen. Ovien ulkopuolella oli tusina poliiseja, jotka vartioivat istuntoa. Oikeuskäsittely voisi venyä pitkäksikin. Kaikki riippui asianhaaroista, joita käsiteltiin. Kauanko siinä menisi? Kukaan ei tiennyt.

Tuomari aloitti esipuheella. Pyysi vankia nousemaan ylös sekä istumaan pöydän ääreen. Oikeusistunto alkoi esipuheella, jossa lueteltiin, mitä rikoksia oli tehty ja ketä epäiltiin. Roope nousi seisomaan, hän tunsi syyllisyyttä. Syyttäjä aloitti puheensa, syyttäen Roopea kaikista tehdyistä rikoksista, joita tässä tapauksessa oli tehty. Hän vetosi tuomioistuimeen ja tuomariin syyttäessään Roopea rikoksista, viitaten sormenjälkiin veitsessä, jolla nainen oli puukotettu kuoliaaksi, sekä pyssyn käyttöön ja ampuma-aseen käyttöön ilman lupaa.

Tappamistarkoituksessa Roope oli ampunut todistettavasti seitsemän ihmistä kuoliaaksi. Hän luetteli ammuttujen nimet ja syytti, että aseissa oli Roopen sormenjäljet, minkä oikeuslaitos oli tutkinut, oikeuslaboratorio. Se puhui puolestaan, mikäli puolustus vetoaisi syyntakeettomuuteen ja muistinsa menettämiseen. Epävarmaa oli, oliko faktoja olemassakaan. Syyttäjä puhui pitkään Roopen syyllisyydestä sekä mielentilasta, motiivista. Syyttäjän mukaan murhat olivat harkittuja. Verta käsissä.

***

Roope oli ahdistunut ja neuvoton. Hän ei osannut arvioida tilannettaan. Tajusi, että tuomio tulisi, hän joutuisi kiven sisään. Puolustus vetosi mielentilaan tekoa tehtäessä, että Roope oli muistinsa menettäneenä tehnyt teot. Puolustus antoi lääkärinlausunnot ja todistajia kuultiin. Roope oli sairaalaan joutuessaan muisti hukassa, syyntakeeton, mistä oli parantunut saatuaan osumia poliisien luodeista. Muisti oli palannut. Hän oli kertonut siitä hoitajille, papille ja lääkärille, joka totesi hänen saaneen muistinsa takaisin.

Tuomarit ja lautamiehet käsittelivät asiaa suljettujen ovien takana. Oikeusistunto jatkui päiviä ja viikkoja, kun pidettiin taukopäiviä. Istunto keskeytettiin välillä ruoka-ajaksi ja muuten lepoajaksi sekä rikosten harkitsemisen ajaksi. Roope oli lujilla, mutta niin olivat myös syyttäjä sekä puolustus. Myös tuomarit pohtivat molempien lausuntoja ja tekivät taas arvioinnin sen mukaan, mitä oli esille tuotu.

Vielä ei ollut oikeuskäsittely loppunut, ei lähestulkoonkaan. Asian ratkaisemiseen menisi vielä monta päivää. Puolustus halusi Roopen vankimielisairaalaan lääkärintodistuksiin vedoten, mutta syyttäjä oli innoissaan, kun Roopen muisti oli palannut: hän voisi suorittaa rangaistuksensa vankilassa.

Tuomioistunnossa ei tiedetty vielä ratkaisua, vaan sitä pohdittiin puolin ja toisin. Tuomari oli kallistumassa puolustuksen puolelle, koska Roope oli teot tehdessään täyttä ymmärrystä vailla. Puolustuskaan ei Roopen tavoin tiennyt päätöksestä. Oli päätös mikä tahansa, siihen oli kaikkien osapuolten tyytyminen: asia oli lautakunnan ja tuomarin päätettävänä.

Roopea kuultaisiin myös. Jos oli jotain sanomista, Roope vain myönsi syyllisyytensä rikoksiin, joista yhden oli tehnyt puukottamalla, toiset ampumalla. Tyttöystävänsä hän oli puukottanut, mistä ilmeisesti sai trauman, josta puhumattomuus ja muistinmenetys mitä ilmeisimmin johtuivat. Siitä ei oltu varmoja, missä järjestyksessä asiat olivat tapahtuneet. Roope saisi syytteet ampuma-aseen anastamisesta virantoimituksessa olleilta rajavartijoilta ja poliiseilta sekä laittomasta aseen hallussapidosta ja ampumisesta. Se oli ankarasti kielletty, teot tuomittaisiin murhiksi tai tapoiksi. Muistinmenetys tekoja tehtäessä puolsi Roopea, mutta perä perään tehdyt murhat panivat tuomarit ihmettelemään: kuinka hän oli osannut ampua kaikki? Teot tuntuivat suunnitelmallisilta.

Sitä oikeus pohtikin, oliko Roope todella muistinsa menettäneessä tilassa. Miten hän oli kyennyt tekemään tekonsa? Teot oli tehty, siitä ei päässyt yli eikä ympäri. Kaiken todennäköisyyden mukaan ne olivat Roopen tekemiä, siitä oli kiistatta näyttö.

Salissa kohistiin, tuomari pyysi hiljaisuutta, minkä jälkeen hän alkoi latelemaan syytteitä, joista Roopea syytettiin. Hän saisi jonkin tuomion, mutta mikä se olisi? Ihmiset odottivat kaikki. Oikeus odotti myös itseltään vastauksia. Ihmiset, jotka olivat jossain vaiheessa Roopen puolella, olivat nyt häntä vastaan. He halusivat Roopen verta – moni tapettujen miesten omaisista olisi tappanut Roopen, jos olisi saanut. Mutta Roope oli lain suojeluksessa. Kaikki muutkin rikolliset olivat lain suojeluksessa, olivat he tehneet mitä tahansa. Poliisit ja vartijat valvoivat tilannetta. Roope oli poliisin suojeluksessa, mistä ihmiset eivät pitäneet, vaan vaativat linnaa loppuelämäksi tai päätä vadille. Poliisit olisivat mieluusti antaneet, koston halusta, Roopen ihmisten revittäväksi. Mutta oikeus suojeli Roopea, joka oli syytön niin kauan kuin hänet todettaisiin syylliseksi ja hän olisi saanut tuomion.

***

Oikeuskäsittely jatkui, väliin pidettiin taukoa. Istuinsalissa pyydettiin hiljaisuutta. Lautakunnan miehet ja tuomari eivät päässeet yksimielisyyteen vaan väittelivät suljettujen ovien takana. "Pöyristyttävää", joku sanoi istuntosalissa, minkä jälkeen vartija poisti hänet. Kohistiinhan salissa mutta ei koko ajan.

Salista poistettu nainen kohtasi ulos tullessaan lehtimiehet, jotka kysyivät, oliko istunto loppunut. Ei ollut. Mitä siellä käsiteltiin? Luettiinko tiilenpäitä? Naiselta kysyttiin tuomarin kantaa, jota ei vielä tiedetty. Kyseltiin kaikenlaista Roopesta. Miten tämä suhtautui oikeuteen? Metsien mies, jonka lempinimen sai. Lempinimi oli annettu Roopelle joko hyvällä tai pahalla. Nainen sanoi lehtimiehille, että Roope on syyllisen oloinen, mihin lehtimiehet ja väkijoukko totesivat, että oli syytäkin. He yrittivät haastatella naista, jotta voisivat tehdä jutun, mutta heitä oli paljon ja nainen pyysi poliisia saattamaan itsensä ulos tilanteesta.

Väkijoukossa oli murhattujen omaisia. He huusivat: "Henki hengestä, kuolema, kuolema murhaajalle!" Oikeus kuuli sen ovien läpi. Vielä huusivat: "Verta, verta!" Oikeus päätti lykätä istuntoa seuraavaan päivään. Taas kerran oli kova työ saada kuljetettua Roope poliisiautoon, joka veisi hänet vankimielisairaalaan. Väkeä oli kaikkialla oikeustalon ulkopuolella. Heitä oli myös vankimielisairaalan ulkopuolella. Sisälle ei ollut mitään asiaa. Mutta ulkopuolella oli lehtimiehiä, jotka saivat Roopesta kuvia. Hän olisi otsikoissa tuomioonsa saakka, ehkä sen jälkeenkin.

Niin tuli nukkumaanmenoaika. Kaikki kävivät yöpuuhiin, Roopekin, nukuttuaan huonosti koko edellisen yön. Aamulla jatkui oikeu-

85

denkäynti kommervenkkeineen. Tuomari löi vasaralla pöytään aloituksen ja sanoi: "Oikeuden istunto on alkanut. Kuka seuraavaksi elämöi salissa, saa sakot." Kaikki vaikenivat, ja istunto sai jatkua rauhassa. Roopekin oli väsynyt, mutta aika levollinen. Hoitajat molemmin puolin Roopea taputtivat häntä olalle. Oikeuskäsittely jatkui viidettä viikkoa taukopäivineen. Roopea hoidettiin masennuksen vuoksi, siksi asiat pitkittyivät. Tuomari käsitteli molempien lausuntoja, syyttäjän ja puolustuksen.

Tuomari antoi syyttäjälle puheenvuoron. Syyttäjä korosti seikkaa, miten Roope olisi voinut tehdä murhat vailla muistia. Syyttäjä halusi vielä tähdentää, että teot olivat murhia. Puolustaja vaati tapoille tapon nimitystä: ilman harkintaa tehdyt tapot olivat tappoja, eivät siis suunniteltuja murhia. Vielä kerran oikeusistuin joutui odottamaan tuomiota. Mikä se lienee?

Tuomarit joutuivat vielä kerran lyömään viisaat päänsä yhteen ja sanoivat, että päätös oli tehty. Päätös oli tällainen:

Roopelle kuusi vuotta kuritushuonetta sitä mukaa kuin kuntoutui, kuritushuoneen jälkeen vielä vankilaan ja loppuelämäksi vankimielisairaalaan.

Roope, jolle oli vaikeata sopeutua sisätiloihin, joutui seinien sisäpuolelle. Se olisi vaikeaa miehelle, joka oli tottunut kulkemaan omia polkujaan metsässä ja muualla vapaana. Hän oli tottunut pyydystämään riistaa syödäkseen. Nyt hän pääsi valmiin ruuan ääreen ja sai vuoteen, jossa nukkua, sairaalan sisäpuolella. Olisiko pitänyt olla tyytyväinen? Oliko hän tyytyväinen? Omalla tavallaan olikin, silti hänellä oli katkera olo ja kaipaus takaisin metsiin, missä oli suurimman osan elämästään ollut orpona ja yksin, kierrellen milloin missäkin. Metsä oli hänelle koti. Sen kutsun hän kuuli, hänessä paloi metsämiehen tuli. Vapauden kaipuu on meissä muissakin, mutta hänessä varsinkin. Hän oli ainaisella pakomatkalla. Jos hän lähtisi sairaalan sisältä omin nokkineen, metsäänhän hänen mielensä paloi, sinne samoilemaan.

***

Kuinka hänen kävisi? Olisiko kohtalo hänelle yhtä suopea jatkossa? Sitä emme tiedä, jää nähtäväksi. Ihmiset kaikki olivat varmoja, että hän karkaisi taas kerran. Saisiko hän armoa enää keltään? Hänellä oli omat tuumat, lääkäreillä ja hoitajilla omat. Toisaalta hän halusikin suorittaa tuomionsa, jonka oli ansainnut. Hänellä oli myös huono omatunto, mitä ei ollut aikaisemmin ollut. Hänellä ei ollut ollut puhdasta omaatuntoa, ei minkäänlaista omaatuntoa.

Toisaalta Roopella oli halu paeta kaikkea, olihan hän luonnon kanssa sujut. Toisaalta hänellä oli elinkautinen, ehkä pitempikin sairaalassaoloaika, lisäksi kuritushuonetta, jonne joutuisi parannuttuaan. Tietäisikö lääkäri, pystyisikö Roope suorittamaan tuomiotaan? Toinen juttu olivat ihmiset ja asiat ihmisten mielissä. Asiat hautuivat ja ihmiset rauhoittuivat, samoin Roope ja lehdistö yhdessä Roopen rauhoittumisen kanssa.

Roopelle oli eri asia, kestäisikö suljetuissa paikoissa kauan, kauan. Siltä Roopen tie näytti: sairaalan käytäviä kahleissa. Olisiko hänellä pieni mahdollisuus jaksaa nyt, kun hänen muistinsa oli palannut? Roopella oli oma tie, jota joutui kulkemaan. Muut vaan viitoittivat tien. Oikeus oli puhunut, päätöksensä tehnyt. Ihmiset kaikki huokaisivat helpotuksesta, niin Roopekin. Kaikki olivat huojentuneita, saihan oikeus päätökseen oikeuskäsittelyn, joka ei ollut imarteleva Roopelle.

***

Vankimielisairaalassa päivät kuluivat ja yöt menivät jotenkin. Roopella oli masennus, johon hän sai terapiaa sekä tietenkin lääkkeitä. Roopen peli oli pelattu, vai oliko? Jaksaisiko hän olla pitkään vankimielisairaalassa?

Edessä olisi yksinäinen tie, jota Roope joutuisi kulkemaan. Olihan sairaanhoitajia ja lääkäreitä, jotka keskustelivat hänen kanssaan, mutta myös toisia vankeja, joiden kanssa joutui tekemisiin. Vangit vaihtoivat tietojaan, syitä vankilassaoloonsa, sekä tietoja rikoksista, joita olivat tehneet. Moni muukin oli tappanut ihmisiä, muttei niin monta kuin Roope. Silti heitä yhdistivät tehdyt rikokset sekä vankimielisairaalassa olo. Toiset vangit kyselivät, joko Roope aikoisi karata, kun tämä oli ollut vankimielisairaalassa pari kuukautta tuomion saamisen jälkeen. Eihän Roope tiennyt itsekään eikä kertoisi toisille vangeille sellaista. Pian se olisi hoitajien korvissa, mitä siitä seuraisi? Täysin eristyksessä oloa ja ties mitä. Nytkin häntä tarkkailtiin, millä mielellä oli. Oliko pako mielessä?

Hoitajat koettivat saada Roopea viihtymään. Antoivat pelaamismahdollisuuden, mutta Roope ei oikein osannut pelata mitään lautapeliä, joten häntä jouduttiin opettamaan.

13. luku

Alkoi olla taas kesä, ja puutarhalle valittiin vankeja töihin ja kitkemään. Pari muuta pääsi Roopen lisäksi, pari uutta vankia, jotka olivat tulleet taloon muutama kuukausi sitten. Niin he pääsivät muutamaksi tunniksi puutarhalle töihin. Siellä oli kaikenlaista tekemistä. Valmiita vihanneksia nostettavissa. Piti lisätä multaa ja odottaa uutta kasvua. Oli kastelemista ja piti kitkeä rikkaruohoja, jotka nousivat aikaisin kukkimaan.

Muutama viikko sitten kävi sellainen juttu, että Roope yritettiin myrkyttää. Asiaa tutkittiin, ja ruuasta löytyi rotanmyrkkyä. Tekijää ei saatu kiinni ja tapaus painettiin villaisella. Roope oli kipeänä viikon. Hän päätti, että tänne ei jäisi vaan lähtisi pois, keinolla millä hyvänsä.

Sellainen tilaisuus lähteä tulikin, kun puutarhalta palattiin. Roope otti jalat alleen ja kiersi talon, hoitajat perässä, mutta Roope oli harjaantunut pakenija. Taidot eivät olleet hävinneet minnekään. Hän etsi puuta: vieläkö sen oksa ulottuisi ulkopuolelle asti? Siinä se vielä oli, ja mikäpä hänen oli kiivetessä siitä yli. Hän lähti lujaa metsää kohti eikä pysähtynyt missään.

***

Roopesta tehtiin etsintäkuulutus, mutta hän oli jo kaukana. Hän oli taas vapaana ja tosi iloinen siitä. Nyt ei mikään pysäyttäisi häntä. Hän oli saanut tarpeekseen sairaalavankilassa olosta. Tiesi, että nyt ei ollut kiinni jäämistä. Hän kulki ja kulki kauaksi, kauaksi vankilasta ja aloitti uuden elämän metsässä jälleen.

Löytäisivätkö poliisit hänet? Tarina ei kerro, miten Roopen tarina päättyi, muuta kuin että nyt oli luonnonlapsi kehtonsa löytänyt. Häntä olisi odottanut aika synkkä tulevaisuus vankilassa sekä kuritushuoneessa. Nyt oli Roope omassa elementissään, nauttien kesästä luonnossa, jonka tunsi kodikseen.